式神の名は、鬼②

夜光 花

キャラ文庫

この作品はフィクションです。
実在の人物・団体・事件などにはいっさい関係ありません。

目次

口絵・本文イラスト／笠井あゆみ

一章　初恋

安倍那都巳は物心ついた時には、陰陽師としての人生を歩んでいた。

安倍晴明という有名な陰陽師の子孫として生まれた那都巳は、幼い頃から人ならざるものを視て、異界のものと交流していた。父親も陰陽師として世のため人のため力を駆使する人であったが、那都巳の才能には負けると周囲の人に漏らすほど、那都巳は陰陽師としての才能に恵まれていた。

小学校に上がる頃には難しい経典を読みこなしたり、古文書を読み解いたり、他人の術式を解読したりと、いかんなく才能を発揮していた。どんな難しい経典も一読すれば頭に入ったし、人を苦しめる物の怪と対峙しても恐ろしさは微塵たりとも感じなかった。

「お前は安倍晴明の生まれ変わりかもしれないな」

父はよく恐れるような口ぶりでそう言った。そこには隠そうとしても隠し切れない嫉妬と、不安が存在していた。実の息子に脅威を感じていたのだろう。父親として陰陽師の技を伝授しながら、一方で那都巳に対してよそよそしい態度をとっていた。

「那都巳君って変わってるわね」

家族以外の大人は、那都巳をそう評した。那都巳が物の怪と話していると変だ変だと騒ぐし、あの子はおかしいとか、あの子としゃべっては駄目だとか、大人は平気で那都巳をつまはじきにする。

（人間ってつまらない）

高学年になる頃には少しだけ分別もつき始め、一般人の前では術を使うのを控えたり、物の怪に声をかけなくなったりと、人間らしさを見せるようになった那都巳だが、中身は五歳の頃とぜんぜん変わっていなかった。

女の子に興味はないし、勉強もスポーツも、テレビもマンガもどうでもいい。

那都巳の興味は物の怪のほうにあった。見知らぬ物の怪を見つけると、心がわくわくするし、初めて会う物の怪には心が浮き立った。式神を作れるようになると、人間じゃなくてもいいやと思うようにさえなった。式神は人間ほど複雑な会話はできないが、那都巳に従順で命令をきちんとこなす。

（俺はおかしいのかな。人間に生まれてくるべきじゃなかったのかな）

人間に対して興味を持てないまま成長していく自分に、不安を感じなかったわけではない。けれど心だけはどうすることもできなかった。自分が楽しいと思うこと、嬉（うれ）しいと感じることは、理屈では変えられないのだ。那都巳は生まれながらに物の怪が好きだし、物の怪を退治するのが好きだった。その二つは相反するものに思えるだろうが、那都巳の中では当然の帰結だった。好きだからこそ殺したい。好きだからこそ、我が物にしたい。

ある日、父は那都巳を伴って海沿いに建つ古い寺へ向かった。懇意にしている寺で、仕事関係で行き詰まった時や、季節の折おりで訪ねる寺だった。父はいつものように寺の関係者と、あれこれと話をしていた。

「お父さん、ちょっとぶらついてくる」

那都巳はそう言って暇つぶしに寺の境内を歩き始めた。十一面観音菩薩を本尊とする寺で、紫陽花が多く咲いていた。見事に咲き誇る紫陽花を眺めながら歩いていると、前方に尼が立っていた。

後ろ姿を見た瞬間、鳥肌が立ったのを覚えている。

白い頭巾を被り、墨染の袈裟を着た楚々としたいでたちの尼だった。後ろ姿を見ただけで、人ではないのはすぐに分かった。まといつく気配や、漂う雰囲気が、尋常ではなかった。

「あら……」

那都巳の視線に気づいたのか、尼がくるりと振り返った。

美しい尼だった。すっとした鼻筋に、黒曜石のような瞳、白くほっそりとした顔つき、袈裟を着ていても豊満な胸とすらりとした身体つきがよく分かる。

「まぁまぁ。可愛らしいこと」

尼は極上の微笑(ほほえ)みを浮かべ、ゆっくりと近づいてきた。那都巳は金縛りに遭ったように、その場を動けずにいた。初めて感じる畏怖(いふ)と、闘う前から負けたと感じる力量の差——尼が目の前に立って見下ろして来た時には、ここで死ぬのかと思ったほどだった。

「怖がらないで、坊や。私が分かるのね？　本当に愛らしい……」

尼は頬を紅潮させて微笑み、那都巳の頬を撫(な)でた。全身に痺(しび)れを感じるほどの衝撃だった。尼からは芳しい匂いがした。花の匂いか、柑橘(かんきつ)系の匂いか、それが鼻孔をくすぐり、那都巳の頭をくらくらさせた。

「ふふ。坊や——私を食べてみる？」

尼がそっと近づき、那都巳の耳元で囁(ささや)いた。

那都巳は耳まで赤くなり、子どもながらにうろたえた。屈(かが)み込んだ尼と視線が絡まり、那都巳は完全に尼に支配された。尼の肌は滑らかで絹のようにきめ細かかった。那都巳はひたすら尼を見つめていた。覚えてきた術も、経も、何も浮かばなかった。実際何か唱えたとしても、尼には通用しなかっただろう。

「——比丘尼(びくに)、その子はやめなさい」

置物のように固まっていた那都巳の背後から、鋭い声がした。いつの間にか住職がやってきて、困ったような顔で那都巳と尼の間に割って入ってきた。住職は那都巳の肩をやんわりと押して尼から引き離すと、窘(たしな)めるように尼を見据える。

「安倍家の息子だ。手出し無用」

住職が厳かな声で告げる。尼はほうっと吐息を漏らし、残念そうに那都巳を見つめた。

「まぁ、安倍家の方でしたか。それはそれは」

尼は紅を引いてもいないのに赤い唇を吊り上げる。那都巳は住職の背中から尼を見つめた。割って入ってきた住職を邪魔に思ったり、助かったと思ったり、ここから今すぐ逃げたいと思ったり、ずっと尼の傍にいたいと思ったり、心が千々に乱れる。

「私、八重と申します。心の片隅にでも、私を置いていて下さいね」

尼はにっこりと笑って、会釈をして奥へと去っていった。尼の姿が見えなくなると、那都巳は全身から力を抜いてその場にしゃがみ込んだ。汗がどっと噴き出して、鼓動が早鐘を打っていた。あんな物の怪に逢ったのは初めてだった。存在するだけで、その場にいる人を手中に収めている。

「大丈夫ですか。若」

住職はしゃがみ込んだ那都巳の背中を撫で、苦笑する。住職はいつも那都巳を若と呼ぶ。

「住職様、あの尼さんは一体……？」

那都巳は汗を拭って尋ねた。

「あれは……関わってはいけないものです。不老不死の憐れな女性です」

よろよろと立ち上がった那都巳に、住職は顔を顰めて答える。不老不死という言葉に度肝を抜かれ、那都巳は尼が消えたほうを振り返った。不老不死なんて本当に存在するのか。信じられない。ただの物の怪ではないのか。

「あの比丘尼が唯一この世から解き放たれるのは……九相図……」

遠い目をして住職が呟く。その先を聞きたくて那都巳は固唾を飲んで住職を見つめていたが、しゃべりすぎたというように口を閉ざしてしまう。

「どうかあの女性については忘れてくれますよう。若にとっては百害あって一利なしの相手です。人を破滅に導くことしかできない女性なのですよ」

住職はそう言って那都巳の背中を押した。那都巳は不承不承、歩き出した。心はすっかり先ほどの尼に囚われていた。八重と名乗った尼――もう一度会いたい。会って話してみたい。

その願いは叶うことはなかった。

それきり、何度その寺を訪ねても那都巳は尼とは会えずじまいだった。

月日が流れ、尼のことはすっかり忘れた頃、那都巳は安倍家の子孫というキャッチフレーズでメディアに顔を出すようになっていた。最初は父の下で働いていた那都巳だが、すぐに独立して客をとるようになった。口コミだけで充分顧客は得られたし、陰陽師界でも名の知れた存在にはなれた。

客のニーズに応えて術を使い、物の怪を退治したり、呪詛を撥ね返したり、政敵を陥れたりと、那都巳は乞われるままに何でもやった。数年はそれでもよかったのだが、だんだん似たような依頼が多くなり、飽きるようになった。それを解消するためにしたのが、メディアへの進出だった。経験のない世界に飛び込めば、少しは楽しいかと思ったのだ。

（あんまり大差なかったけどね）

テレビやラジオに顔を出すのはまあまあ楽しかったが、やってること自体はこれまでと変わりない。テレビ局からはもっと出演してほしいという依頼があるが、そろそろやめようかと考え始めていた。

そんな折、経済界の大物である榎本一二三からパーティーの招待を受けた。

一二三からは以前表沙汰にできないような依頼をされ、引き受けた経緯がある。一二三にはお抱えの陰陽師がいて、その男もパーティーに来るという話だった。年齢が近いと聞かされ、少しの興味を抱いてパーティーに出席した。

同年代の同じ職種の男と会えば、少しはこの虚しさから解放されるかもと思ったのだ。

「氷室先生は、今日は欠席なさるとのことです」

赤坂のホテルを貸し切ってのパーティーに顔を出すと、一二三の秘書から残念な知らせが届いた。

「何だ、そうなの。せっかく会えると思ったのに」

那都巳はがっかりして、ウェイターから酒の入ったグラスを受け取った。パーティー会場では華やかなドレスをまとった女性がたくさんいて、招待客を接待している。政財界で有名な人も多く、何人か仕事で会った人もいた。

「人嫌いな方なので、土壇場で嫌になったのかもしれません」

秘書の原田(はらだ)は苦笑して囁いた。原田は四十代の中肉中背の男性で、一二三の第二秘書を務めている。話しやすい柔和な印象の男だ。

「人嫌い？　原田さんから見て、どういう人？」

那都巳はつい笑みをこぼして聞いた。

「非常に綺麗な方ですよ。無駄な話はあまりしない方ですね」

原田は内緒だと言って、スマホを取り出して画像を見せてくれた。以前困っていた時に手助けしてあげたので、那都巳に恩義を感じているのだ。何げなく画像を見た那都巳は、スマホを持ったまま固まった。

「尼……？」

無意識のうちに口からそんな言葉が飛び出した。スマホの画像には男性ながら綺麗な顔立ちをした人が一二三と並んでいた。切れ長の目に通った鼻筋、白い肌に薄い唇、人形のように整った顔をしている——何故か彼を見たとたん、在りし日の記憶が蘇(よみがえ)った。

子どもの頃に逢った、あの美しい尼――。

（似ている……。こいつの顔を見たら、思い出した）

那都巳はしばらく氷室櫂の顔に釘付けになった。そして唐突に胸を熱くさせた。

あの尼に逢いたいと強く思ったのだ。不老不死だと住職が漏らしていたあの尼は、今どこで何をしているのだろうか。あの後、何度か住職には尼のことを尋ねたが、そのたびにごまかされてくわしい情報は得られなかった。

ただの人間ではないし、ただの物の怪でもなかった。

あの尼と彼は何か関係しているのだろうか？　これほど似ているのだから、無関係とは思えない。

彼を調べなければならないと胸が高鳴った。久しく感じていなかったわくわくするような心地――那都巳はしばらく櫂の顔を眺め、微笑んでいた。

■二章　長い一日

しとしとと降りしきる雨を見やり、氷室櫂はお茶をすすった。縁側にあぐらをかき、雨でかすんで見える中庭をぼーっと眺める。傍らには着物姿で酒を傾けている鬼がいる。鬼は大きくあくびをして、櫂の膝に頭を乗せる。

「平和だな」

二本の角を生やした鬼が、櫂の膝枕で呟く。

「そうだな……」

櫂も相槌を打つ。

まだ昼の十二時だというのに曇って薄暗い空、辺りをしっとりと濡らす霧雨、池の鯉が時おり水飛沫を上げて宙に飛び上がる以外は、本当に静かだ——。

「——って、いやいや、ちげーだろ！　こんな平和とかほざいている場合じゃないだろ！」

まったりとした空気に呑み込まれていた自分に気づき、櫂は大声を上げて、膝から鬼を押しのけた。鬼——羅刹は不満そうに起き上がる。赤毛に大きな身体、長い手足、鼻筋の通った整った顔をした羅刹は、まごうことなき鬼だ。頭に突き出している二本の角は、異形のものである証だ。

「満月の恒例行事も終えたし、やることがないのは確かだろうが。吾は物の怪を喰い過ぎて、食傷気味だ。しばらくはハンバーグか生姜焼きしか食いたくない」

羅刹は酒を呷りながら言う。すっかり人間界の食事に毒されている。

「恒例行事って言うな。毎回死ぬ覚悟でこっちはやってんだぞ」

つい数日前の満月の夜を思い返し、櫂はぶるりと身体を震わせた。

六月の上旬に訪れた満月の夜——櫂の屋敷には魑魅魍魎がどこからともなく大量に湧いて出た。どうにか奴らを退けたものの、一晩で体重が三キロ減るくらい、気力体力を使い果たした。目の前にいる鬼は、たくさんの物の怪をやっつけてくれたのだが、途中で疲れたと言って屋根の上で寝始めてしまった。つくづく当てにならない鬼だ。

（こいつ、いつ役立ってくれんだろう）

再び櫂の膝に頭を置く羅刹に、櫂は不審の目を向けた。

櫂は陰陽師の一族に生まれた。

現在二十六歳。埼玉県の奥地にある山の中の一軒家に住んでいる。櫂の家は代々物の怪に命を狙われている。陰陽師だった先祖の一人が、人魚の肉を喰って不老不死になったと言われる八百比丘尼と恋仲になって、その能力が子孫に受け継がれている——と、物の怪に思われているせいだ。

もちろん何もかも誤解だ。伝説の尼である八百比丘尼と知り合いだったのは本当らしいが、人魚の肉を喰ったわけでもないし、不老でも不死でもない。祖父母もひい爺さんも、血の繋がりがある身内はすべて老いて死んでいった。櫂の父親は五十五歳で心臓の病で亡くなったが、生きていればちゃんと老いて死んでいっただろう。

陰陽師であること以外は至ってふつうの人間なので、物の怪たちの誤解がどうして生まれたのか大きな謎だ。とはいえ物の怪たちに誤解ですと言い回っても理解してもらえないし、仕方なく襲ってくる物の怪を退治する日々が続いている。物の怪は満月の夜になると、大勢で櫂の屋敷に押しかけてくる。小さい頃からそんな生活を続け、父や祖父が亡くなり、今や屋敷には櫂一人になった。

櫂には悩みがあった。

六年前、友人である伊織が魔物に憑依され、櫂を襲った事件があった。その際に伊織に噛みつかれた痕が呪詛となり、年々広がっていくのだ。肌に現れた黒い染みは、今や心臓に到達しそうになっている。これが心臓まで至ったら、櫂は死ぬというのが分かっている。能力のある陰陽師は己の寿命も他人の寿命も分かっている。櫂はあと五カ月程度――おそらく十一月頃に命を落とすだろう。

長い間、呪詛を解こうと奔走したが、どうしても解けなかった。

悩んだ挙げ句、櫂は近くの祠（ほこら）に封印されていた鬼を解放すると決めた。鬼を使役し、ボディガード代わりに使おうと思ったのだ。これまで陰陽師として正しくあろうとしてきたが、呪詛は解けなかった。だから、いっそこれまで苦しめられてきた物の怪の力を利用しようと思ったのだ。

祠に閉じ込められていた鬼は、悪行の限りを尽くした罪で、名のある僧に祠に封印されていた。櫂は封印を解く代わりに、自らを守るよう、房中術で鬼を縛った。最初は意のままに操るつもりだったのだが、羅刹と名づけた鬼はちっともいいなりにならず、身体の要求ばかりする。房中術は、惚（ほ）れ薬を相手に飲ませるようなものだ。羅刹は好きでもない人間の櫂を、好きだと勘違いしている。術が効きすぎて、櫂の周囲にいる男を殺しかけたこともある。

羅刹は鬼で、人を殺すことも犯すことも何とも思っていない。そんな鬼を大人しくさせるのは、本当に大変だ。

現に今――櫂は大きな悩みを抱えている。

「あ、こら。変な場所、触んな」

膝枕していた羅刹の手が、櫂の尻を布越しに揉（も）む。作務衣（さむえ）姿の櫂は不埒（ふらち）な動きをする羅刹の手をぴしゃりと叩いた。

「あのな、膝枕するのはいいんだけど、角引っ込めろよ。当たりそうで怖いわ」

羅刹の角が刺さりそうで、気になって仕方ない。

「暇なのだから、いいではないか。吾はお前を喰いたい」

羅刹が鼻先を下腹部に押しつけて言う。ぐりぐりと顔を押しつけられて、櫂はもぞりと腰を動かした。

悩みはこれだ。羅刹の性欲が強すぎる。

しょっちゅう身体を重ねたがるし、力にものを言わせて押し倒そうとする。鬼の言いなりになってはどっちが主か分からないので、羅刹の誘いはほとんど断っている。だが、正直に言うと、欲に溺れそうな時がある。

そもそも櫂は男が好きだ。思春期には男性の身体ばかり気にしていて、自分が同性愛者だと自覚していた。十代後半には繁華街でひっかけた見知らぬ男と関係していた黒歴史もあるし、相手が鬼でなければどっぷりとセックスに浸りたいとさえ思う。

（こいつの顔がなぁ……。いい男なんだよなぁ……）

櫂の下腹部に顔を埋める羅刹の耳を引っ張り、櫂はしみじみとそう感じた。凛々しい顔つきに、厚い胸板、引き締まった筋肉、しかも巨根とくれば、心が騒ぐ。鬼の状態でまぐわうと大きすぎて翌日大変だが、人に化けた状態でやると、溺れるほど気持ちいい。

しかし、すべてまやかしだ。

羅刹は別に櫂を好きなわけではない。術が効いて、好きだと勘違いしているだけなのだ。そんな鬼相手に溺れるのは身の破滅を招く。

「ん？」

背後に殺気を感じて振り向くと、そこにTシャツとジーンズ姿にエプロンをつけた青年が立っていた。手にはお茶とお茶うけが載ったお盆を持ち、羅刹に膝枕をしている櫂を睨んでいる。

「伊織、いたのか。声をかけてくれないか」

櫂は咳払いして言った。伊織と呼ばれた青年は、櫂の前に進み、膝を折ってお盆に載っていたお茶とどら焼きを置いた。伊織は櫂の家で炊事洗濯をしている青年だ。年齢は二十六歳、大柄な身体に、きりっとした眉に優しげな目をしている。一見ふつうの人間のように見えるが、実は櫂が作った式神だ。紙に命を宿して、身の回りの世話をさせている。本来なら感情など持たずにもくもくと命令に従うのだが、モデルにした男の髪の毛を使っているせいか、変な感情が宿っている。——つまり、櫂に執着している。

「先生、こんなところにずっといたら風邪を引きます」

伊織は膝に頭を載せている羅刹をちらちらと見やり、低い声で言った。櫂にべったりくっついている鬼の存在が気に食わないのだ。伊織は自分が式神だというのを知らない。感情が宿っているせいか、自分が人間だと信じて微塵も疑っていないのだ。

「そうだな、そろそろ中に入ろうか」

羅刹を敵視する伊織の殺伐とした空気に耐えきれず、櫂は乾いた笑いを漏らした。伊織は作る工程に問題があるのか、何度作り直しても最後は壊れてしまう。前回は櫂の命令に背き、勝手な行動をとった挙げ句、羅刹に切り裂かれた。

今回こそは、長く持ってほしい。伊織がいないと櫂は身の回りのことを何もできない。目玉焼き一つまともに焼けないし、伊織がいないとここはごみ屋敷になってしまう。

「羅刹、おい、起きろって」

櫂の膝の上で狸寝入りをしている羅刹の角を掴んで揺さぶると、ムッとしたように尻をつねられる。

「吾はここでしばらくこうしていたい。使用人は、仕事をしろ」

羅刹は伊織のいるほうに向かって、馬鹿にしたような笑いを浮かべる。腹を立てた伊織が、拳を握って迫ってきた。

「先生、どうして鬼などと同居するんですか⁉　危険です、早く追い払うべきだ！」

伊織に怒り心頭で叫ばれ、櫂は額を押さえた。式神と鬼が喧嘩するという胃の痛い事態を、どうにかしたい。新しい伊織は、最初から羅刹に敵意剝き出しだった。やはり知人を式神のモデルにしたのがまずかったのか。己への自戒も込めて伊織をモデルにしたのだが……。

「たっだいまー‼」

　険悪なムードをかき消すように、子どもの声とどたばたとした足音が近づいてくる。縁側に現れたのはTシャツに短パン姿のランドセルを背負った小学生だ。名前を草太という。目のくりっとした利発そうな男の子で、今は隠しているが、額から角が一本生えている子鬼だ。

「腹減った！　なんか食いもん！　どら焼き、めっけ」

　草太は騒がしく駆けてくるなり、櫂の前に置かれたどら焼きをあっという間に頬張った。さらに二つ目をとろうとして、羅刹に取り上げられる。

「お帰り、草太。いいところに来てくれた。学校はどうだった？　クラスの子と仲良くしているだろうな？」

　一瞬で場の雰囲気を明るくしてくれた草太に感謝の念を抱き、櫂は愛想笑いを浮かべて聞いた。子鬼である草太は、人間の母親と鬼の父親から生まれてきた。母親である女性から人間社会で暮らせるようにしてほしいと頼まれ、しばらく預かっている。鬼の血を引く草太は、身体能力が人間の比ではなく、同じ年ごろの子どもと一緒に過ごすのが大変だ。最初はかなり手を焼いたが、今では周囲の人間に合わせる術を会得し始めた。

「てきとーにやってる。ところで教師から、これ渡せって」

　どら焼きを咀嚼しながら、草太がランドセルを探る。小さな手が摑んだのは、一枚のプリントだった。

「家庭……訪問、だと？」

プリントに目を通した櫂は、青ざめて震えた。来る六月二十日に家庭訪問すると書いてある。小学生にはそんな行事があったのか。あまりに古い記憶なので忘れていた。教師が、家に来る。草太の素行や、進学に関して、話す。

「そうか、来月から夏休みか……。その前に家庭訪問……」

教師が予定した日付けとカレンダーを見比べて、櫂は冷や汗を垂らした。人間が櫂しかいないこのお化け屋敷に教師を招く。何か問題を起こしそうで不安だ。

「日付けは調整するって言ってる」

湯気の立ったお茶を飲みながら草太が言う。

「っていうか、だったらお前の母親呼ばないとだろ。ちょうどいい、お前の母親にも同席してもらおう。いやむしろ、俺は隠れているからお前の母親がこの屋敷の主って設定で応対しようか」

櫂はプリントを横目に、愛想笑いをした。

「先生……、教師と会うの怖いの？」

動揺している櫂に目敏く気づき、草太がにやーっと笑う。草太も伊織も櫂のことを先生と呼ぶ。強制したわけではないのだが、自然とそうなった。

「昔からああいうまともそうな人間は苦手なんだ……。一見口当たりいいこと言う奴に限ってすごい恨まれて生霊だらけだし、悪いことしてる奴が多い」

小さい頃から人ならざるものを視てきた櫂は、対面で誰かと話すのが苦手だ。特に教師は、様々な悪いものを背負っている人間が多くて、会いたくない職業ベスト三位に入っている。ちなみに一位は医療関係者、二位は葬儀屋だ。

「まともな教師も多いと思いますが」

櫂のひねくれた言い方が気になったのか、伊織がそっと呟く。

「かーちゃん、呼ぶの？」

どら焼きで甘くなった手をぺろぺろ舐めながら、草太が言う。その表情が少し浮かないのに気づき、櫂は首をかしげた。

「嫌なのか？　もう半年くらい会ってないだろう。手紙の返事、書いてるのか？」

草太の母親は、毎月草太に手紙を送っている。櫂に預けたものの、心配でたまらないのだろう。何しろ草太はまだ生まれて二年だ。鬼の成長は早く、二、三年もすれば青年の姿になるだろう。

「めんどーで書いてない」

草太はあっけらかんと話す。だから時々母親から電話がかかってきて、様子を聞かれたのか。

「お前は人と鬼の間に生まれたのだったな」

それまで無言でどら焼きを食べていた羅刹が、気になったように起き上がって聞いた。

「そうだよ。羅刹は鬼と鬼から生まれたの？」

興味津々といった様子で草太が立ち上がり、羅刹の背中に飛び乗った。

「吾か？　吾は……」

羅刹は何かを言いかけて、ふっと押し黙った。遠くを見ているようなその表情を見て、何となくこんな顔を前もしていたなと思い出した。あれは羅刹が丹波の山に行ったと話した時だったか……。

「どうも吾は、昔の記憶を忘れているようだ。長い間封印されていたせいだろうか」

羅刹が赤毛をがりがりと掻き、吐き出す。

「まあ、岩の中に何百年もいたら、記憶も薄れるだろうな」

羅刹が封印されていた祠を思い出し、櫂は自嘲気味に笑った。あの祠を守っていた高僧は、長い間羅刹を外に出すまいとがんばっていた。羅刹はその昔、多くの人の命を奪い、好き放題暴れる手のつけられない鬼だったらしい。封印を解いた櫂としては、羅刹が人の命を殺めないようにしなければならない。最悪の場合もう一度羅刹を封じる覚悟だ。

「まあともかく、お前の母親に連絡をとるよ」

気がのらない様子の草太は気になったが、進路相談などされても櫂には何も答えられない。そもそも中学校に進学させていいかも分からない。櫂が預かってから草太はずいぶんと成長した。いつの間にか小学校で一番背が高くなっているそうだ。

「教師が来る時にはお前たち、隠れているんだぞ」

櫂が厳しい目つきで羅刹と伊織を見ると、「俺もですか？」と伊織が絶句した。式神の自覚がない式神ほど厄介なものはない。

「羅刹、明日は出かけるからな」

明日の予定を思い出して、櫂は伸びをしながら立ち上がった。雨が少しやんできて、池に虹がかかる。中庭にはひょうたんの形をした池と、大きな岩が点在している。夏が近づき、中庭の雑草が勢いを増している。そのうち除草しなければ、庭は荒れ放題になってしまう。

「出かける？　どこへ？」

草太を片方の腕で振り回しながら、羅刹がいぶかしげに問うた。

「こちらも家庭訪問だ。気が重くなる相手だが」

櫂は軽く首を振って、肩を落とした。

そう、明日は榎本家を訪問する予定がある。榎本家は金融業や、不動産業など手広く手掛けている金持ちの一族で、櫂の家は代々お抱え陰陽師としてつき合いを重ねている。

その榎本家の末娘の婿養子の榎本泰三（たいぞう）と問題を起こしたのが、つい数日前の話だ。

泰三は櫂を蔵に閉じ込め、意識を失わせて、とある人物に差し出そうとした。そうはさせじと、櫂は自力で脱出したのだが、その際にいろいろ恐ろしい事実を知ってしまった。泰三は呪詛のかかった箱を持っていたのだが、その箱に呪詛をかけたのは、櫂と同じ職業の安倍那都巳という男だった。

那都巳はメディアにも顔を出している売れっ子陰陽師だ。安倍晴明の子孫というキャッチコピーで世に出て、茶の間の主婦層に絶大な信頼を誇っている。どうしてそんな売れっ子が櫂と関わりを持とうとしたのか知らないが、一つだけ分かっていることがある。

泰三が持っていた呪詛箱は、本家の当主から渡されたものなのだ。

つまり本家の当主——榎本一二三は、安倍那都巳と接点がある。

その辺に関して、きちんと当主から話を聞かなければならない。嚙み砕いて言うと、安倍家の陰陽師を雇うなら、自分は首を切られるのではないかという心配だ。榎本家からの定期収入がなくなったら、人生設計を考え直さねばならない。気が重いが、明日は本家に出向く予定だ。

（本家の当主……できればあまり会いたくない人物なんだよなぁ）

憂鬱(ゆううつ)な気分に苛(さいな)まれつつ、櫂は明日へ思いを馳(は)せた。

翌日はスーツを着込み、訪問時間に間に合うよう、余裕を持って家を出た。

「窮屈な服だ」

助手席に座っている羅刹は、紺色のジャケットを着込んでいる。本当はネクタイも締めたかったのだが、吾を殺す気かと大騒ぎして結ばせてもらえなかった。本人はスーツを着るのは嫌がるが、見栄えがするので櫂としてはたくさん着てほしい。黙っていれば、上背があるし顔も整っているので眼福だ。高校を卒業した後、よく新宿二丁目に遊びに行って男と一夜を共にしたが、その時羅刹とすれ違っていたら、確実に声をかけていただろう。中身が鬼でなければ、本当にタイプだ。

「何故ため息を吐く。何か文句か」

高速を走りながら横目でちらちらと見ていた櫂がため息をこぼしたので、羅刹がムッとしたように口を尖らせた。少し前に頼んだ車の修理が終わり、晴れて愛車が運転できる。修理費用はかなりかかったが、榎本家から臨時収入があったので事足りた。

「何でもない。ところで今日会う相手は年季の入った狸じじいだから、何もしゃべるなよ。変なこと言ったら、調伏するからな」

毎回余計な真似をして問題を起こす羅刹なので、あらかじめ念を押しておいた。ふーんという気のない返事しか戻ってこなかったので、くどいほど繰り返した。

「いいか、本当に、本気で、変な真似するなよ？　相手は経済界の大物なんだからな。俺の存在なんか、消し飛ぶような財力があるんだ。間違って契約を打ち切られたら、定期収入がなくなってすごく困るんだ」

櫂が真剣に言えば言うほど、羅刹の表情が冷めていく。鬼にとって、櫂の収入事情などどうでもいいのだろう。

「しつこいな。誰か喰おうと思ったら、その前にお前に聞けということだろう」

同じ発言を何度も繰り返していると、うんざりした様子で羅刹が止めてきた。

「誰も喰うなと言っているんだろうが」

羅刹に常識を求めるのは間違っていると学んだ。見た目がいくら成人した男でも、中身は三歳児の子どもと同じ理性しかないのだ。不安でたまらない。本音を言えば家で留守番させたかったが、ボディガードとしては文句ない怪力だ。つい数日前出会った安倍那都巳に襲われた際には、相手の式神を破壊してくれた。

（あー。憂鬱だ）

これから会う相手である榎本一二三を思い出すと、気分は憂鬱になる。多くの修羅場を潜り抜けた経済界の大物は、背負っている業も半端じゃない。強力な守りもあるが、人からの恨み妬み嫉みは傍にいるとくらくらするほどだ。

櫂の家では代々当主が榎本家の情勢や星回りを占っている。名目は占いだが、先視の術で未来を視ているので、九割の確率で当たる。父が亡くなった後は櫂が当主なので、半月に一度の割合で、榎本家の今後を先視している。それをもとに榎本家では株を買ったり売ったり、土地を広げたり売り払ったりするのだ。高額な報酬を得ているので、櫂にとっては重要な取引先だ。その榎本家に先日の事件に関して、事の次第を聞きにいかねばならないのだから、気も重くなる。正直、見なかった振りをしてしまいたいくらいだが、安倍那都巳に関してだけは問い質さねばならない。

「ところで、先日の河童だが……」

制限速度を超えて高速を飛ばしていると、羅刹が眉根を寄せてこちらを見た。

「ああ。河童が何？」

「玄関前に魚を置いて行くのはいいとして、どうして鰯を持ってくる？　そもそもあいつ川の物の怪だろうが。何で海の魚を持ってくるんだ」

羅刹は不満そうに声を尖らせる。

榎本家の一件で、腕を斬られた河童を逃がしてやったことがあった。それを恩義に感じて、河童が玄関前に魚を置いて行くようになったのだ。

「それな……。先週はニジマスだったのに、今週は鰯だったよな。値札が貼ってあったから、絶対泥棒しただろ。鰯は嫌いか？」

「魚は匂いが好かぬ。今度会ったら、肉を持って来いと言ってくれ」

羅刹は気味悪そうに身震いする。羅刹は魚が嫌いらしい。鰻は喜んで食べる癖に。鰯の匂いが嫌だそうだから、節分の時に鰯の頭を飾る風習は正しかったらしい。

羅刹と他愛もない話をしながら、ドライブを続けた。家を出てから二時間半が経ち、辺りの景色は一変している。一二三の本家は田園調布にある。高速を下りて高級住宅街を通りながら、ナビを確認した。

目当ての屋敷が近づき、同じ色の塀が長く続いているのが遠目に見える。高さ四、五メートルはあるコンクリートの分厚い壁に囲まれ、外からは塀より高く生えた竹しか見ることができない。門のある場所で車を停めて、インターホンを鳴らすと、使用人らしき男性が『今開けます』と応対してくれた。

横にスライドする黒い門が開かれ、櫂は榎本家に車を入れた。

竹の群生している横に、数台の車が置ける来客用の駐車場がある。櫂はそこに車を停め、羅刹と共に降り立った。一二三を訪ねるのに菓子折りはいらない。一度持って行ったら「無駄な真似はするな」と叱られた。

石畳が屋敷のほうに向かって弧を描いている。緊張しつつ歩く櫂と違って、羅刹は初めて訪れた榎本一族の本家を興味深げに眺めている。数年前にリフォームした本家は、和モダンな佇まいだ。昔は瓦屋根のいかにも重要文化財みたいな屋敷だったが、今は若手の建築士に設計させたモダンな造りになっている。芝生が広がる庭の前には大きなテラスつきのプールサイドがあり、その奥には壁一面が窓ガラスになった屋内が覗ける。今日は少し暑いくらいの日差しで、プールでゴールデンレトリバーが二頭泳いでいた。確実に櫂より、あの犬たちのほうがブルジョワだ。

「氷室先生、お待ちしておりました。そちらの方は？」

正面玄関に回って歩を進めていると、中から四十代くらいのスーツ姿の男性が現れた。一二三の秘書の一人、原田だ。

「助手です」

羅刹の頭を無理やり押さえつけ、櫂は愛想笑いを浮かべる。羅刹は不機嫌そうに眉根を寄せている。

「一二三様がお待ちです。どうぞ」

原田に案内され、屋敷の中に足を踏み入れる。助手は待合室で待てと言われ、仕方なく階段の横にある待合室に羅刹を押し込めた。

「大人しくしてろよ。絶対問題を起こすなよ。誰か来ても、はいといいえ以外言うなよ？」

羅刹の耳元で何度も繰り返し、待合室のソファに座らせた。待合室はお茶やコーヒーが自由に飲めるようになっていて、菓子も置かれている。ケーキに興味津々の様子なので、しばらくこの部屋にいてくれるだろう。

吹き抜けの広々とした玄関ホールを抜けて、美しい曲線を描いている階段を上った。

「ずいぶんガタイの良い方ですね。強そうだ」

原田が階段の途中で振り返りながら言う。

「はは……。当主のＳＰほどじゃないですよ」

櫂は苦笑して返した。一二三は外出する際は屈強なＳＰを伴っているので有名だ。この屋敷内も一見誰もいないように見えて、最新式の警備システムと屈強なボディガードが配置されている。

二階の応接室に通され、櫂はそこで一二三を待った。部屋は重厚そうな造りで、格調高い家具や壁紙に囲まれている。値の張りそうなソファに座ると、使用人の一人がすぐに冷たいお茶と和菓子を運んできた。

「待たせたね。氷室君」

数分ほどして現れたのは、小柄な老人だった。白髪混じりの髪を丁寧に撫でつけ、麻のシャツに短パンというラフな格好だ。御年七十歳の、どこにでもいる柔和な顔の老人——といった様子だが、それは見かけだけだ。その人間が背負っているものや気を感じとれる櫂からすると、魑魅魍魎の類とあまり変わらない。笑いながら、ばっさり人を斬る。それが榎本一二三だ。

「ご無沙汰しております」

櫂はソファから立ち上がって、腰を九十度に曲げた。一二三はゆっくりとした動きで櫂の向かいに腰を下ろした。すぐに使用人が入ってきて、一二三の前に紅茶を置く。

「さて、何か話があるということだったが。一時間後には会合があって家を出るので、長くは話せないよ」

一二三はテーブルの上に置かれていた葉巻を一本とって、にこりとした。一二三と対面するのは半年ぶりだが、相変わらず無駄話を嫌う人だ。葉巻一本分しか、時間を割けないと暗に示している。

「先日、茉莉さんの婿養子の泰三さんに蔵に閉じ込められまして」

　櫂は一二三の眼力に気圧されないよう気を張りながら、切り出した。

「ほう」

　面白そうに一二三が身を乗り出す。

「慰謝料でも貰いに来たのか」

　一二三の興味を引いたようで、目が輝いている。一二三は葉巻の先端をカットし、火をつける。

「いえ。それはもう泰三さんからいただきましたので」

　櫂は笑みを絶やさず答えた。一二三がひとしきり笑って、葉巻に口をつける。

「泰三さんをそそのかした陰陽師がいたようです。安倍那都巳――ご存じですよね。榎本さんが泰三さんにお渡しした河童の手が入った箱――、彼が呪詛を込めています。榎本さんとお知り合いでなければ、できないと思いますが」

　櫂は慎重に言葉を選びつつ、一二三に問うた。

　一二三はことさらゆっくりと葉巻を吸い、煙を口から吐き出した。そして、目を細めて微笑みを浮かべる。

「安倍君ならよく知っているよ」

　隠すでもなく、さらりと言われ、櫂は言葉に詰まった。だから何だという目つきで見られ、口元が引き攣る。

「からくり細工の箱に呪詛を込めてもらってね。それぞれ息子や娘に手渡したんだ。どういう反応をするか見たくてねぇ。君、そういうの苦手だろ？　呪詛を込めるとか」

　あっけらかんと一二三に言われ、櫂は内心歯ぎしりした。呪詛箱を子どもたちに渡すというのが、どういう意味を持つか分からないはずはないのに。金持ちの考えていることは理解できない。だが一二三の人を見る目は確かだ。櫂はどれだけ悪態を吐こうが、箱に呪詛を込める真似はできない。亡くなった父や祖父からも、陰陽師としてそういったものに手を貸してはならないと固く禁じられている。満月のたびに押し寄せる物の怪や悪鬼を退けるのに、できうる限り精神を清く保たねばならないからだ。

「安倍君の力を借りたのが気に食わなかったか？　心配せずとも、君との契約を打ち切るつもりはない。君が力を失わない限り。私ほどの人間になるとね、力のある陰陽師も二人くらい囲いたくなるものなんだよ」

　一二三は櫂の目の前に煙を漂わせ、淡々と述べた。契約を打ち切るつもりはないと言われ、ホッとしている自分がいることに腹が立つ。正直に言えば目の前の男が嫌いだ。有り余るほどの金を持ち、人の道に外れた行為を平気でする。それでも彼のもたらす収入は櫂の生活の基盤になっている。伊織という友人の医療費を捻出するためには、どれだけ不満があろうと、彼の機嫌を損ねるわけにはいかない。

（あの爽やかイケメン野郎と俺を競わせるつもりかよ。狸じじいめ）

櫂はテーブルの下に隠している手を固く握りしめた。一二三に聞きたかった質問の答えはもうもらった。お抱え陰陽師が氷室家から安倍家に変わるのでなければ、問題はない。

「そうですか。分かりました」

櫂は煙を手で払い、視線を床に落とした。自分も煙草を吸っているくせに、どうして他人の煙の匂いが気になるのだろう。

「では私が安倍那都巳と問題を起こしても、管轄外という認識でよろしいですね？」

櫂は顔を上げ、ことさら美しく微笑んでみせた。一二三は面白そうに唇の端を吊り上げ、声を出して笑った。

「もちろんだよ。用事はそれだけかな？」

櫂は腰を上げ、丁寧にお辞儀した。

「ええ。失礼します」

一二三の心づもりを確認した以上、長居は無用だ。櫂はさっさと部屋を出ようとした。すると、一二三が葉巻を灰皿に押しつけて呼び止める。

「帰る前に、中庭の薔薇でも見ていきなさい。今が盛りだから」

含みのある言い方をされ気になったものの、櫂は分かりましたと頷いて部屋を出た。

（あー、クソッ、むっかつくー‼　安倍の野郎のほうが格上ってのがまた……。うっかり失敗

しようものなら、俺の仕事あいつにとられるぞ）

　廊下を荒々しい足取りで歩き、櫂はイライラと髪を掻（か）きむしった。

　前回会った時、櫂には安倍那都巳の実力が分かった。さすが安倍晴明の子孫とでもいうべきか、櫂より力があるのは一目で分かった。後ろに控えている霊的存在が、自分よりもずっと上だったからだ。呪詛や禍々（まがまが）しいものに手をつけても、陰陽師のエリートは自分を清める術を知っている。

「おい、羅刹。帰るぞ！　――って、おい」

　階段を下りて応接室に入ると、櫂は顔を引き攣らせた。羅刹が棚に置かれたケーキを手摑みで食っている姿に直面したのだ。一体いくつ食べたのか、皿が空になっている。確か一ホールあったような……。

「手で食うな！」

　口の周りをクリームで汚している羅刹に呆（あき）れ、櫂は怒鳴った。羅刹は櫂の叱責（しっせき）を無視して、最後のショートケーキを咀嚼する。

「吾はこのような甘くて美味いものは初めて食った。何故伊織はこれを作らぬ？　上に載っているイチゴの酸味がまたよいな」

　羅刹はすっかりケーキがお気に召したようで、汚れた指をぺろぺろ舐めている。

「お前、絶対人間喰わなくてもやっていけるだろ……」

　現世に馴染みつつある羅刹を見ると、突っ込みの一つも入れたくなる。

「確かに生肉より、焼いて味つけした肉のほうが美味いな。このケーキという食は、吾のいた頃にはなかった味だ」

　他の菓子に手をつけようとする羅刹を強引に引っ張り、櫂は応接室を出た。未練がましく応接室に戻ろうとする羅刹を、屋敷から連れ出す。今日は爽やかな気候で、犬がプールで泳ぐ気持ちもよく分かる。

「このまま帰りたいが……中庭に寄らねばならないのだろうな」

　一二三が中庭に行けと言うなら行かねばならない。何げなく呟いているようだが、従わなかった場合、手痛いしっぺ返しがくる。ぼーっと生きている人間を嫌う——一二三はそういう人物だ。

　櫂は芝生を踏みしめ、屋敷をぐるりと回って中庭に向かった。母屋と離れの間に薔薇や花水木が植わっているちょっとした広場がある。東屋があって、天気のいい日は立食パーティーをここでやったりするそうだ。

「花とか興味ないんだけどなー」

　櫂はぶつぶつ文句を言いながら、東屋に近づいた。東屋の周囲は白い薔薇が満開になっている。ふと誰かがベンチに座っていると気づき、櫂は足を止めた。

「わっ！」

人影が誰か確認しようとする前に、隣にいた羅刹がいきなり櫂を肩に担ぎ上げた。そのまま来た道を戻ろうとして、身体を硬くする。羅刹の肩の上で何事かと顔を上げた櫂は、サッと青ざめた。櫂たちが来た道をふさぐように、緋袴（ひばかま）姿の女性が二人立っていた。目隠しをして、手には薙刀（なぎなた）を構えている。つい先日会った、那都巳の式神によく似ている。

――ということは、東屋で待ち構えているのは……。

「ちょっと、ちょっと、逃げないでくれよ。もう、顔見たら逃げるのやめてくんない？　今日は話をしたいだけ。そこの鬼は調伏しないであげるから！」

東屋のベンチから立ち上がり、大声で那都巳が叫ぶ。羅刹は問答無用で逃げ出そうとしていたが、窺（うかが）うようにちらりと櫂を見た。

「また逃げるなら、氷室君の家に押しかけるけどー？」

どうしようか躊躇（ちゅうちょ）したとたん、那都巳が面白そうに言う。すでに櫂の家は調べたというのか。ここで逃げても仕方ないと、櫂は羅刹の背中を軽く叩いた。前回襲ってきた式神二人は、今のところ通せんぼをしているだけだ。

「いいのか？」

櫂を肩から下ろし、羅刹が眉を顰めて聞く。羅刹はまっすぐ那都巳を見据えていて、背後にいる式神二人は無視している。

（こいつ、とっさに俺を連れて逃げようとしたな）

羅刹の行動に感動を覚え、櫂は面はゆい思いになった。最初はちぐはぐだったが、羅刹の中で徐々に櫂が守るべき存在という気持ちが確立してきたようだ。ようやくボディガードとして機能し始めたかと感慨深いものがある。

（にしても……あのクソじじい。俺が訪れる日にこいつを呼ぶとは……）

改めて東屋にいる那都巳と向き直り、櫂は屋敷で高笑いしている一二三を毒づいた。とはいえ、那都巳の目的を知るチャンスでもある。何故あんな真似をしたのか、自分をさらおうとした理由は何なのか、問い質さねばならない。

「こいつは俺の式神だ。手を出すなよ？　そうすればこっちも、お前の式神は壊さない」

櫂はゆっくりと那都巳に近づきながら、声を張り上げた。羅刹を伴って那都巳と対峙するのは本当は気が重い。那都巳ほどの力があれば、羅刹は調伏されてしまうからだ。

「分かってる、分かってる。前回はまさか鬼がいると思わなかったからさぁ。陰陽師だもの。攻撃しちゃうよね？」

那都巳はうさんくさいほどの明るい笑みで手招きする。

「あいつが変な動きするようだったら、すぐ逃げろよ？」

気を張り詰める羅刹に耳打ちし、櫂は東屋に足を踏み入れた。六角形の屋根にウッドデッキのベンチやテーブルが置かれている。那都巳はにこにことして、背後にいる式神に手で合図を送った。二人とも薙刀を下ろし、じっと主の命令を待っている。前回は狐の面を被っていたが、今回は白い布で目元を覆っている。前回とは違う式神だろうか。

　櫂はテーブルを挟んで、那都巳の向かいのベンチに腰を下ろした。羅刹はじろりと那都巳を睨みつけて、櫂の横に立ったままだ。

　那都巳は高級ブランドのスーツを身にまとい、暑さなど何も感じていないような涼しげな顔でこちらを見た。ネットで調べたところ、年齢は二十七歳。端正な顔立ちで東大卒という高学歴のエリート陰陽師だ。

「いやぁ、前回も驚いたけど、何度見てもびっくりするなぁ。鬼とのセックスって、いいの？」

　いきなりぶしつけな発言をされ、櫂はこめかみをぴくりと引き攣らせた。身体の関係がある相手とはチャクラが繋がって視える。那都巳の前で隠し事は無理だ。

「お前、友達いないだろ？」

　息をするように人を挑発する那都巳に腹が立ち、櫂はにっこり微笑んだ。那都巳が噴き出して笑い、髪を掻き上げる。

「あはは、君、きっついい。ごめん、ごめん。俺、つい思ったこと全部口に出しちゃう性格だからさ。テレビではこれがウケてるんだけど」

　那都巳は櫂の放つ冷たい視線にもめげず、首をかしげる。

「改めまして、俺は安倍那都巳。同業者です。よろしくね」

那都巳は立ち上がって握手を求めてくる。櫂が眉根を寄せて身を引くと、笑いながら手を引っ込めてベンチに腰を落とす。

「君は氷室櫂君、だね。前回はすごい逃げっぷりで、いやーまいった。そこの鬼、強いなぁ。俺の式神が二人、消えちゃったよ。その鬼、君が作った式神じゃないだろ？　どうやって使役したの？」

那都巳に興味津々で聞かれ、櫂は咳払いをした。

「お前が質問するより先に、俺の質問に答えろ。何であんな真似をした？　拉致監禁罪だぞ」

腕組みをして、那都巳を睨みつける。

「はいはい。君——八百比丘尼の子孫なんだって？」

那都巳の目がうっすらと茶色くなった気がして、櫂は身を引き締めた。泰三にその話をしてそそのかしたようだが、一体どこからその話を知ったのか。

「それはガセだ。そう信じられて辟易している」

櫂はそっけなく言い放った。物の怪だけでも厄介なのに、同業者にまでその噂を信じてもらっては困る。この男はテレビにも出る有名人だ。下手な噂を吹聴されたら、身が持たない。

「どの程度の術師か知りたくて、蔵に結界を張っておいたんだ。あれが解けたなら、大したもんだよ。おまけに美人だしね。ますます興味が湧く。あとちゃんと人間かどうかも確かめたかった」

那都巳はさらりと述べた。

「その上から目線をやめろ。そんなことのために、俺を蔵に閉じ込めたのか？　あやうく睡眠導入剤を飲まされるところだったんだぞ？　榎本家と問題を起こす羽目になったじゃないか。どうしてくれる」

那都巳の話は理解不能だった。力量を知るためだけに、あんな真似をするなんて、頭がおかしいとしか言いようがない。しかも人間かどうか確かめるなんて――。

「榎本泰三が何をしようとしたかなんて、俺は関知していないよ。ちょうどいい具合に使えそうだったから、声をかけただけ。大体、五百万円もぶんどったんだろ？　相殺はすんでいるんじゃない？」

悪びれた様子もなく那都巳は話す。この男と話していると、訳の分からない理屈で丸め込まれそうだ。

「俺が蔵から出られなかったら、どうするつもりだったんだ。まさか、物の怪どものように、俺の肉を喰いたいとか言わないだろうな？」

今一つ那都巳の目的が分からず、櫂は問うた。隣に寄り添っている羅刹は一瞬たりとも気を抜いていない。目線はずっと那都巳の手元にある。

「君を閉じ込められたら……君を隅々まで調べるつもりだった」

ふっと那都巳の持つ空気が変化した。それまでのうさんくさい笑みが消え、ひんやりとした冷たい空気をまとう。それは魑魅魍魎を相手にする櫂もどきりとするもので、那都巳の抱えている闇のようなものの一端を感じとってしまった。

「おっと。同業者相手だと厄介だな」

那都巳の顔に張りついたような笑みが戻り、長い指先でこめかみを軽く揉む。

「敬意を払って、これからは君の怒りを買うような真似はしないよ。そいつも、君の式神というならちょっかいをかけるのはやめよう」

声のトーンを低くして、那都巳が羅刹を窺う。櫂が無言で睨みつけると、那都巳が真面目な顔つきになった。

「――実は俺は、八百比丘尼を探している」

思いがけない言葉が那都巳の口から漏れて、櫂は目を見開いた。何が目的かと勘繰っていたが――まさか、八百比丘尼本人を？

「正気か？　あんなのただのおとぎ話に決まってる」

あまりに意外な目的だったので、櫂は失笑した。人魚の肉を喰って不老不死になった尼なんているわけない。ご先祖が知り合いだったと聞かされているが、櫂は本当のところ違うと思っている。古い話が尾ひれをつけて伝わった――そうとしか考えられない。

「そうでもないさ。俺は、小さい頃に会ったことがある」

続いて出てきた那都巳の言葉には、度肝を抜かれた。本気で言っているのか、それともからかっているのか——相手が陰陽師だけに、判別がつかない。

「信じてないのか。でも本当だよ。いや、正確に言うと八百比丘尼かどうかは分からない。でもただの尼じゃなかった。黄金律の美しさを持っていた。子ども心に、ハッとするほどね。そして、彼女は不老だった」

那都巳は淡々とした口調で信じられない話を語った。子どもの頃、とある寺で美しい尼に会ったらしい。その時、住職から「あの尼は不老なんだ」と教えられたという。そこにいるだけで怖気（おぞけ）が立つような、それでいて魂を抜かれそうな、独特な雰囲気を持った尼だったらしい。

「それきりずっと会えなかったけど、心の隅にずっと残っていた。君を見て思い出したんだ。君は彼女によく似ている。本人だったらよかったんだけど、残念。君は綺麗だけど、男だしな」

那都巳はひどくがっかりした様子で櫂を見つめた。

八百比丘尼と自分が似ているなんて、本当だろうか？　この男の話をどこまで信じていいか、分からない。そもそも八百比丘尼が存在するなんて、と櫂は戸惑いつつ羅刹を振り返った。羅刹は毒気を抜かれたような表情で那都巳を見ていた。

「羅刹……？」

何かに囚われているような羅刹の表情が気にかかり、櫂はいぶかしげに声をかけた。ハッとしたように羅刹が顔を背け、何でもないと呟く。

「それにしても、おかしいね。八百比丘尼の伝説は有名だけど、いつの間にか子孫の肉を物の怪たちが喰おうと群がっている。八百比丘尼や君の肉を食べると、物の怪は強くなれるのかな？　それとも不老不死に？　極上の味という噂でも物の怪たちの間で回っているのかな？」

興味深げに那都巳に言われ、櫂は黙り込んだ。それについては何世代にも亘って親族で話していた。どうして物の怪は櫂たちを狙うのか。そもそも櫂たちが子孫だと言い出したのは誰なのか。尽きぬ疑問は解消されないままここまできた。捕らえた物の怪に問い質してみたりもしたが、どの物の怪も本質は知らなかった。一つの嘘が何百年にも亘って色を変え、まったく別のものになったのではないかと結論づけている。

「俺はついでに君のことも調べたけど」

那都巳が足を組んで、小さく笑う。

「君の父親が亡くなった際に、事件が起きているね。ご学友は今、入院中。治療費は君が持っているとか。それに君——胸のところに何か隠し持っている」

目敏く櫂の呪詛を見つけ、那都巳が立ち上がって近づいてくる。櫂はとっさに自分の肩から胸にかけて手で覆った。スーツを着ているからふつうの人には視えないだろうが、目利きの陰陽師なら衣服越しでもばれてしまう。

「物の怪絡みの事件だったんだろ？　ずいぶんひどい状態だ。君、残りの寿命はわずかじゃないか」

　那都巳は櫂の横に腰を下ろし、目を細めて見つめる。櫂は自分が裸になった気分になった。いつも櫂が他人にやっていることを、格上の陰陽師にされている。那都巳は櫂を霊視して、ある程度の事情を把握している。

「……お前には、これが解けるか？」

　聞いてはならないと思いつつ、つい櫂はそんな台詞を口にしていた。自分にも師匠にも、解けなかった櫂の身体を蝕む呪詛だ。

「君だって分かってるんだろ？　それは、それをつけた魔物を退治しない限り、消せないよ」

　那都巳は瞬きをして、櫂から視線を外した。櫂は落胆して唇を噛んだ。自分より力のある、安倍晴明の子孫でも同じ答えしか出せない。

　この呪詛は、伊織に憑依した物の怪を退治しない限り、解けないのだ。

（あの物の怪とは、あれきり会っていない）

　物の怪は櫂の身体を噛み千切ったあと、伊織の身体から離れ、どこかへ消え去った。大蛇の魔物だったということしか覚えていない。

「……とまぁ、こんな感じで俺の話はおしまいかな。君が八百比丘尼と接点を持っていたならよかったんだけど、嘘は言っていないようだし、残念だけど当てが外れたみたいだ」

　那都巳は立ち上がって肩をコキコキ鳴らして、ポケットに手を入れた。

「どうだろう、氷室君。お互いに協力しないか？　俺は八百比丘尼の情報が欲しい。君はその呪詛をつけた物の怪の情報が欲しい。何か分かったら、連絡するということで」

那都巳は取り出した名刺を櫂に無理やり握らせる。いらないと言おうかと思ったが、櫂は少し考えて分かったと頷いた。

敵に回すと厄介な男だ。共同戦線を張れるならそれに越したことはない。

「あ、ちなみに俺、男もいけるから」

櫂の肩にポンと手を置き、那都巳が耳打ちしてくる。は？　と目を丸くすると、笑いながら那都巳が東屋を去っていった。

「あいつ、やっぱり喰うか？」

羅刹が目をぎらつかせて聞く。

「放っておけ。それにしても……いいとこに住んでやがる」

名刺に書かれた一等地の住所に苛立(いらだ)ちを覚え、櫂は無造作にそれをポケットに突っ込んだ。

安倍那都巳——変な男だ。

「何にせよ、戦闘にならなくてよかった。もう帰ろう」

再び逃げられる保証はどこにもなかったので、那都巳が消えてくれてホッとした。八百比丘尼に会ったというが、実在するのだろうか？　にわかには信じられない。厄介な男と知り合いになってしまったかもしれない。そんな危惧(きぐ)を抱きつつ、櫂は羅刹の背中を押した。

■三章　九相図

榎本家を訪問してから十日が経ったある日、以前依頼を受けた沢田という男性から電話がかかってきた。

『氷室先生、友人のところで怪事件が起きているんです。ちょっと視てもらえませんか?』

沢田は大学の准教授をしていて、霊障絡みの事件を依頼され、解決したことがある。その沢田が、知り合いの家で怪事件が起きているというのだ。依頼料と往復の出張費は出すというので、櫂は構いませんよと答えた。

「どういう事件ですか?」

沢田から聞いた依頼者の名前と住所をメモ帳に書き留め、櫂はボールペンの尻で頭を掻いた。

『それがねぇ、絵が変だとか、蛇人間がどうだとか、夜な夜な絵から人が出てくるとか、よく分からないんです。氷室先生の話をしたら、すぐうちに来てほしいって。氷室先生さえ良ければ、先に出張費だけでも振り込ませますよ』

絵はともかく蛇人間というのは不気味で気になる。大蛇の魔物と何か関係があればいいのだが。櫂は口座番号を伝えて、振り込みがあったらすぐに出かけるという旨を伝えた。

こういった依頼はそのまま何の音沙汰もないことも多い。だからあまり期待していなかったのだが、意外にもその日のうちに出張費の振り込みがあった。すぐに依頼主の電話番号にかけたが、一向に電話に出ない。スマホの番号を聞いておけばよかった。

「お金はもらったし、とりあえず明日出かけようか」

その日の夕食を羅刹と草太と食べながら、櫂は伊織にしばらく留守にすると言った。依頼なので羅刹は連れて行くつもりだが、そうすると、草太一人を家に残すことになる。伊織一人に任せるのは少し不安だったが、草太は半妖だ。どんな空き巣が来ようが、間違っても襲われる心配はない。

出かける先は長野県、戸隠だ。

「えー、二人だけずりぃ。俺も一緒に旅行に行きたい！」

草太は不満げに足をじたばたさせたが、学校があるので連れて行くわけにはいかない。大体羅刹だけでも対応に困る時があるのに、子鬼である草太の面倒まで見たくない。

「お土産買ってきてやるから、我慢しろ。羅刹も明日は出かけるんだから、酒を控えろ」

草太や羅刹に口うるさく言い、櫂は明日の支度をした。どんな依頼かよく分からないので、式神の用意をしておいた。あとは霊符を何枚か作っておけばいいだろう。

（煙草でも吸うか）

月を眺めながら一服しようと、煙草を摑んで廊下に出る。中庭に面した廊下に座り、煙草を一本取り出して火をつけていると、背後から羅刹の足音が聞こえる。

「吾はその匂い、好かぬ」

羅刹は火をつけたばかりの煙草を摑み、素手で握りつぶした。

「おい……」

ムッとして羅刹を睨みつけると、肩を押されて、廊下に転がされた。羅刹は酔っているのか、上気した頰で櫂を押し倒してきた。酒を控えろと言ったのに、いつもより多く飲んでいる。こういうのを天邪鬼という。

「そろそろ、まぐわいたい。もったいつけるのもいい加減にしろ」

鬼の姿のまま櫂の両頰を手で包み、羅刹が囁いてくる。羅刹の赤毛が肩に落ちてきて、唇が近づいてきた。

「明日出かけるのに、ヤってられるか。もう寝ろ」

誰が通るか分からない廊下で盛り始めた羅刹の顔を押しのけ、櫂は立ち上がろうとした。すると羅刹の手が肩をぐっと押さえつけ、顔を近づけてくる。

「明日の予定など知るか。吾は今、やりたい」

逃げるのを許さないというように肩を摑まれる。鬼の姿だと上背がありすぎて、力では敵わない。櫂はカチンときて式神に合図を送った。

「うっ」

どこからともなく二頭の白い狛犬(こまいぬ)が現れて、羅刹の鼻先を攻撃していく。見た目はペキニーズみたいな鼻ぺちゃの犬で、櫂が作った式神だ。二頭の狛犬が羅刹の腕や手に噛(か)みついている間に、櫂はするりと羅刹の身体から抜け出し、自分の部屋に向かった。羅刹のせいで最近禁煙状態になっている。健康のためにはいいのだが、物足りない。口寂しい。

「おい」

狛犬を遠くに放り投げて、羅刹が追いかけてくる。

「むかつく陰陽師(おんみようじ)だな。吾を繋(つな)ぎ止めたいなら、それなりの対価を差し出せ。最後にヤってからもう二週間以上経っているぞ。このままでは干からびてしまう」

自分の部屋に戻った櫂の前に、先回りした羅刹が立ちはだかる。こういう時、部屋に鍵がかからないのが不便だ。障子で区切ってあるだけの間取りなので、入ろうと思えばどこにでも入れてしまう。もっとも鬼である羅刹の前に鍵などないに等しいが。

「俺はヤる気分じゃない」

櫂は文机(ふづくえ)の前にあぐらをかき、そっけなく言う。このままでは羅刹に主導権を握られる。明日は遠出するので、とっとと眠りたかった。

「そんなにヤりたいなら、俺の式神を作ってやるから、そいつとヤれ。激しい行為に耐えられるかどうか知らんが」

羅刹と話すのが面倒になって言うと、ふっと空気が張り詰めた。羅刹を見ると、ひどく不快そうに櫂を見下ろしている。何か間違ったことでも言っただろうかと櫂は首をかしげた。性欲を持て余しているようなので代替案を述べただけなのに。

「……」

羅刹は無言でしゃがみ込むと、いきなり素手で文机を叩き割った。激しい音を立てて文机が真っ二つに割れる。櫂はギョッとして、腰を引いた。

「こら！　机を破壊するな！」

櫂は大声を上げて、羅刹を睨みつけた。櫂が叱りつけると、羅刹は侮蔑するような眼差しになり、くるりと背中を向けた。そのまますたすたと部屋を出て行ってしまう。

式神と性行為をしろと言ったのがそんなに気に食わなかったのだろうか。

文机を破壊されたので、仕方なく折り畳み式のテーブルを運び込み、文箱を取り出した。霊符を書くために、硯で墨を摩り始める。墨を摩る時は、決して急がず、女性に対するように優しく扱えと子どもの頃に指導されたのを思い出す。墨を摩ると、心が落ち着くのはそのせいだろう。

（探している物の怪の情報が得られればいいんだが）

明日の依頼に思いを馳せ、櫂は深呼吸を繰り返した。心が落ち着いてくると、背中や頭に羅刹から念が飛んでくるのが分かる。誰かが誰かのことを強く考えると念となり、どれだけ距離があろうと飛んでいく。羅刹がイライラしながら櫂のことを考えているのが伝わってきて、腹の辺りがもぞもぞした。

羅刹は房中術で縛っている。だから長い間、櫂を抱かずにいると、焦燥感に苛(さいな)まれるはずだ。そこに愛はなくとも、羅刹は無意識の内に櫂を欲してしまう。

(趣味の悪い術で、縛ってしまったな……)

ふっと羅刹に対する罪悪感が湧き、我ながら驚いた。最初はどうせ鬼だし、無体な真似をしても平気だと考えていたのに。鬼は悪さばかりするから、問題が起きたら調伏(ちょうぶく)すればいいと安易に考えていた。

(思ったより悪い奴じゃないんだよなぁ……。すぐ人は喰おうとするが、一応俺の言うことは聞いてくれているし……。まぁ、今のところは、だけど)

硯に墨が溜まっていくと、櫂は吐息をこぼした。

気持ちを落ち着かせ、切り分けた和紙で霊符を作り始めた。特別な文字や記号を和紙に筆で描くと、陰陽師にとって強力な武器が出来上がる。明日会う依頼者にとって必要な霊符は、書いているうちに浮かんでくる。

(何だろう？　黒っぽい服の女性が浮かんでくるが)

脳裏に過(よ)ぎる女性の影に首をかしげつつ、櫂は数枚の霊符を作り上げた。それを専用の箱にしまい、明日持っていく旅行バッグにしまった。依頼者に会えば、もっとくわしい状況が読み取れるだろう。今夜は早く寝て、明日に備えたい。

　時計の針が十時を回ったのを見て、早々に眠ろうと布団を敷いた。羅刹の意識がまだこちらに向いているのを感じながら、櫂は硬く目を閉じた。


　翌朝はいい目覚めではなかった。あれこれ考えすぎたのか、あまり眠れなかったせいだろう。あくびをしつつ朝のお勤めを果たすと、草太が居間で朝食をとっていた。この家の料理人である伊織は、皆の分の朝食を用意している。白米と焼き鮭、和え物、ナスの味噌汁。草太は朝からお代わりをしている。

「伊織、今回の依頼は長野だから今日中に帰れるか分からない。泊まりになったら草太の世話は頼んだぞ」

　座椅子に座りながら言うと、草太がつまらなそうな顔で頬を膨らませた。

「俺も旅行に行きたかったなぁー」

「遊びじゃない。仕事だ」

　たくあんをぽりぽりさせている草太に真面目な顔つきで言う。櫂はふとメンバーが足りないのに気づき、きょろきょろと首を振った。

「羅刹は？」

いつもなら誰よりも早く食卓につき、飯はまだかとうるさい男が、今朝に限って姿を見せない。櫂は焼き魚をほぐしながら、眉根を寄せた。屋敷内から出ていないのは分かっている。羅刹が勝手に屋敷から離れないように、術をかけてあるからだ。

「まだ来ていません」

伊織は櫂と草太のお茶を淹れながら、そっけなく言う。羅刹が来ないほうが、伊織にとってはいいらしい。櫂は朝食を食べ終えると、羅刹を呼びに庭に出た。羅刹は屋敷内は居心地が悪いと言って、よく蔵で寝ている。これから出かけるというのに何をしているのだろうと、櫂はカリカリしながら蔵の重い扉を開けた。

「羅刹！　何しているんだ！　今日は出かけるって言っただろう？」

日差しの入り込まない蔵に電気をつけ、櫂は声を張り上げた。蔵の中は古い家具や皿、刀や兜など、様々な古美術品が無造作に置かれている。少し埃っぽく、ひんやりした空気だ。羅刹は用心籠と呼ばれる竹で編んだ籠の中で身体を丸めて寝ていた。櫂がうるさく怒鳴りつけると、うろんな眼差しでこちらを見てきた。

「吾は出かけぬ。しばらくお前の顔を見たくない」

不機嫌な声で拒絶され、櫂は顔を引き攣らせた。

「おい、子どもじゃないだろ。何を拗ねているんだ。仕事で出かけるからお前がいてくれなきゃ困るだろ！　俺の警護をしろ！」

用心籠に手を突っ込み、中で丸くなっている羅刹を引っ張り上げる。

「おい！　マジで駄々をこねるんじゃない！　まさか昨日拒否したから、怒ってるのか？　お前の性欲に毎回つき合ってられるか！」

ふてくされて丸くなる羅刹の着物を懸命に引っ張り、櫂はイライラして怒鳴った。これから仕事だというのに羅刹は頑なに動かない。鬼の姿なので重くて引っ張り上げられないのがまたムカつく。

「まさか式神としろと言ったのが気に食わなかったのか？」

ちっとも動かない羅刹に根負けして、櫂は声音を和らげた。羅刹の耳がぴくりと動く。

「——お前はあの式神とまぐわったことがあるのか？」

羅刹がいきなり立ち上がり、櫂を見下ろして言う。あの式神というのは伊織のことだろう。伊織のモデルとなった男は櫂の中学時代の友人で、一時叶わぬ恋心を抱いていた。

「あるわけないだろ。そこまで落ちちゃ……」

いない、と言いかけて櫂はハッとした。

自分は嫌悪してやらないようなことを、羅刹にやらせようとしたと気づいたのだ。考えてみればひどい真似をした。明日の依頼に気を取られ、羅刹が鬼だからと考えなしの発言をした。

「……ごめん」

羅刹に見据えられ、櫂は赤くなって肩を落とした。櫂は人嫌いで、ほとんど友達もいないし、近所づき合いもない。そのせいでよく人の気持ちを逆なですることがあるし、気遣いができないと怒られたこともある。学校に通っていた頃、よくトラブルを起こしていたのを羅刹に怒られて思い出した。羅刹が文机を叩き割るのも当たり前だ。自分のことばかりで、思いやりが足りなかった。

「悪かった。反省している」

櫂が素直に頭を下げると、羅刹の不機嫌なオーラがようやく収まり、用心籠から姿を現した。

「何故ああ言われて、これほど腹が立ったのか、吾にも分からん」

羅刹は櫂の目を見つめ、着物の襟を直した。

「だが今は、少し気分が収まった」

羅刹はすっと櫂の横を素通りする。蔵を出て、羅刹は屋敷内にある居間に顔を出した。伊織が羅刹のために茶碗にご飯を盛って運んでくる。

「喧嘩してたの？」

食後のお茶を飲んでいた草太が、ニヤニヤして羅刹に聞く。羅刹はそれを無視して、焼き鮭を骨ごとばりばりと咀嚼する。羅刹の機嫌が戻ったのに安堵し、櫂は出かける支度をした。草太がランドセルを背負って、「いってきます」と玄関を出て行くと、ふっと家が静かになる。ふと、羅刹に間違った対応をしたように、草太にも間違った対応をしていたのではないかと気になった。

（これじゃ草太に説教できないな……）

自嘲気味に笑い、羅刹のための衣服を用意する。今回はスーツじゃなくてもいいだろう。六月下旬になり、日々暑さが増している。

羅刹が食事を終えると、用意しておいたシャツとズボンに着替えさせた。羅刹は人間に変化して、赤毛を無造作に搔き上げる。

「じゃあ行ってくる」

慌ただしく家を出て、櫂は車に乗り込んだ。助手席に座る羅刹は、物憂げに外を眺めている。いい情報が得られて、依頼がすぐに解決するものでありますようにと願いながら、櫂は車を発進させた。


埼玉の奥地にある櫂の家から長野駅まで、車で六時間近くかかった。途中のサービスエリアで時間を喰ったのが原因だ。羅刹があれも食べたい、これも食べたいと食欲魔人になっていた。依頼主は戸隠に住んでいて、日帰りで帰るためにも早めに会っておきたかったのに、戸隠に着いたのは二時過ぎだった。標高の高い場所というのもあって、民家は限られるほどしか見当たらない。戸隠といえば戸隠神社が有名で、キャンプ場もあるし、冬になるとスキー場もできる。名物はやはり戸隠そばだろう。緑が多く、いい気が流れている場所だ。

「こりゃ泊まりになるかもな……」

目当ての住所付近で、櫂は車を駐め、乾いた笑いを漏らした。今から会ってすぐに解決する事件ならいいが、そう簡単にいくとも思えない。

「この家か……？」

星野(ほしの)と書かれた表札を確認して、櫂は家全体を見回した。

かやぶき屋根の、横に長い造りの家で、生け垣で囲まれた庭には壊れかけた小屋が置かれている。鳥か兎(うさぎ)でも飼っていたのだろう。古民家といった佇(たたず)まいだが、全体的に古びた様子で、人が住んでいるようには見えなかった。

今日行くことは沢田を通して伝えてあるのだが、本当にいるのだろうか。心配になりながら門の外からインターホンを鳴らすと、ややあって「はーい」という男の声がした。

「どうも、氷室さんですか？　今、開けますね」

玄関を開けたのは、三十代半ばくらいの小太りの男性だった。ポロシャツにカーキ色のズボンを穿(は)いて、サンダル履きで出てくる。汗かきなのか、首にタオルを巻いていて、ふうふう言いながら門を開ける。

「氷室です。彼は助手です。車、ここに駐めて大丈夫ですか？」

　車から面倒そうな顔をして出てきた羅刹を紹介し、櫂は星野に尋ねた。家の前は雑草が生い茂っていて、道路も広い。

「ああ、大丈夫です。ここめったに人も車も来ないから」

　星野が軽く請け負うので、櫂は雑草が生い茂っている辺りに車を寄せて駐めた。

「いやぁ、来てもらえて本当にありがたいです。沢田さんに相談してよかった」

　星野はどうぞと櫂たちを家に招く。外から見た通り、人が住んでいる気配は感じられなかった。廊下や棚は埃をかぶっているし、全体的に空気が淀んでいる。廊下には段ボールや物が積み重なっていて、見るからにいい気を放っていない。ゴミ袋がパンパンに詰まっていくつも並んでいるので、おそらく家の整理に来ているのだろう。

「この家は祖父のものなんですけど、東京の老人ホームに入ったんでね。売るためにいろいろ片づけをしていて」

　星野はタオルで汗を拭きながら、台所に消える。居間や台所はまだ使われていた形跡がある。だがともかく物が多かった。同じようなパッケージの箱がいくつもあるし、片づけができていない。居間にはかろうじて空間が作られていたが、櫂たちは座る気になれず、立っていた。電話をかけても出なかった理由は、この家の電話はとっくに止められていたせいらしい。

「ひどいでしょ。すみません、こんな場所に呼んで」

　冷えた麦茶が入ったグラスを盆に載せて持ってきて、星野が申し訳なさそうに頭を下げる。

耀は苦笑してグラスを受け取った。羅刹はいらないと首を振る。

「祖父は認知症でね。久しぶりに訪ねてきたら、こんなゴミ屋敷になってて。父は足を悪くしているんで、俺しか片づける人がいないんですよ」

星野は麦茶をごくごくと飲み干し、また汗を拭った。認知症になると片づけができなくなると聞いた。汚部屋になったのは、そのせいだろう。

「えっと、今回どういった依頼で？　くわしい話を聞かせてもらえませんか？」

あまり長居したい場所ではなかったので、耀は早々に切り出した。羅刹は段ボールの山に手を突っ込み、崩している。微妙なバランスで積み重なった箱だ。崩壊するからやめろと手を叩いた。

「あ、はい。絵がおかしいんです。何ていったらいいか……、ともかくおかしいんです。奥にある絵なんですけど」

星野は二杯目の麦茶を一気に飲み干し、いったん居間を出た。耀はテーブルの隅にグラスを置いた。

「お前はここで待っていてくれ」

奥がどうなっているか分からないので、万一を考えて羅刹は居間に待機させた。鬼が現れることによって、悪霊や物の怪が活気づく場合もあるからだ。

星野に先導され、板を踏むたび音が鳴る廊下を進んだ。

廊下の奥に、鍵つきのドアがあった。他の部屋はすべて襖や障子で区切られているのに、ここだけドアに鍵がついている。

「実はこの部屋、祖父が一度も入れてくれなかった部屋なんです。部屋を片づけ始めた時に初めて入って。だからこんなふうになってたなんて知らなかったというか」

ドアノブを回しながら星野が言い訳がましく言う。星野の後に続いて入って、櫂は思わず足を止めた。

部屋は八畳ほどのフローリングの部屋だった。この部屋だけは他と違って、何も物が置かれていない。あるのはただ一つ——壁一面に絵が描かれていた。

「これは……」

櫂は引き寄せられるように壁面に描かれた絵に近づいた。

壁は九分割にされていて、それぞれ絵が描かれていた。最初の一枚には尼の立ち姿が、次には尼が死んで伏した場面、さらに尼の死体が腐敗した場面、腐敗が進み虫が湧く場面、やがて死体の皮膚がただれ、身体が溶解し、最終的には骨だけになっていく。

「おそらく九相図、ですね」

櫂はじっくりと絵を眺め、言った。

九相図とは死体の移り変わる様を描いたもので、仏教画として知られている。九相観といって、肉体への執着を捨て、悟りを開く観想をするものだ。九相図で有名なものでは京都の寺に、小野小町(おののこまち)九相図というのがある。死体を描くので不気味に思う人も多く、鑑賞して楽しむものではない。

「さすが、よく分かりますね。俺なんか、最初びっくりしちゃって。じいちゃん、頭おかしかったのかと思ったくらいですよ」

星野は感心したように頷(うなず)く。

「まぁ、あまり家に飾るような絵じゃないですね。しかも壁一面に描くなんて。というか……明らかにこの絵、おかしいですよね？」

燿は壁をぐるりと眺め、眉根を寄せた。九相図のうち六枚ほどは、人物や骨の部分が切り取られたかのように白くなっているのだ。シルエットだけでも骨や死体があったのは分かるが、肝心の絵がない。上から塗りつぶしたのだろうか？

「それが今回、沢田さんに泣きついた理由なんです。この部屋を開けた時、最初は全部描かれていたんです。証拠もありますよ。見て下さい」

星野が目をぎらぎらさせて、燿に言い募る。星野はポケットからスマホを取り出し、初日に撮ったものを見せてきた。絵に価値があるか確かめようとしたのだろう。もし著名な作家が描いたものなら、取り壊すわけにはいかないから。

「――本当だ」

スマホの画像を見て、燿は驚いた。そこにはきちんとすべての壁に絵が残っていた。骨や死

体の絵が生々しく描かれている。撮った日付けも確認したが、六日前だ。嘘は言っていない。

「それが次の日にはこの絵が消え、次の日にはまたこの絵が消え……、昨日もこの絵が消えました」

星野はくりぬかれたように白くなった絵を指差して言う。

「早く来てくれてよかった。この異常事態を何とかして下さい。気持ち悪くて、これじゃここを更地にできませんよ。ちなみに描いたのは、祖父でした。昔は日本画を習っていたらしいです。ぼけちゃって絵について聞いても、何も教えてくれませんけど」

興奮したように星野が言い、櫂は戸惑った。絵が消えるなど、あるのだろうか？　特殊な絵の具を使って、騙そうとしているのではないか？　あるいは劣化で白くなったとか。

「あの、夜な夜な絵から人が出てくるっていうのは……？」

沢田の言っていた話をすると、星野が困ったように笑った。

「それは俺の見解というか。俺がこの部屋の鍵を開けちゃったから、絵から人が出て来てるんじゃないかっていう。この場合は、骨、とかですかね」

星野は何かを視たわけではないようだ。単に毎朝見るたびに絵が変化していくので、悪霊のしわざじゃないかと疑っているだけだった。

「なるほど……」

櫂は唸り声を上げながら、絵を順に見て回った。絵に関してそれほど知識があるわけではないが、人物だけ別の絵の具を使っている、という様子はなかった。背景と人物絵は馴染んでいて、一枚絵として完成されている。劣化やトリックじゃないとしたら、誰がこんな真似を？　骨や死体の部分だけ消えて、何の得がある？

「失礼ですが、遺産争いとかそういう……」

　櫂は声を潜めて尋ねた。星野が苦笑する。

「ないない。そもそも身内は俺と父母くらいです。ここ、公道から離れているし、土地代もたいしたことないですし」

　遺産争いで誰かがトリックを使っているわけではなさそうだ。だとすれば、どうしてこんな奇怪な出来事が起こるのだろう。

「うーん。……悪霊とか邪気とか、特に感じないんですよね」

　櫂は改めて絵を眺め、首をひねった。絵を視ていても、特に変わった点はない。描いた人物の念はこもっているが、それも特別というほどではない。

（それにしても……、色っぽい尼さんだな）

　最初の一枚に描かれた尼の姿を見て、櫂は訳知らずぞくりとした。白い頭巾と墨染の袈裟を着て凛とした立ち姿を描かれている尼は、まるでこちらを見透かすようだ。白くほっそりとした頬、整った顔立ち、紅も引いていないのに赤くふっくらと色づいた唇。尼にしてはずいぶん艶っぽく描かれている。

「氷室さんに似てますね」

何の気なしに星野に言われ、櫂は面食らった。

「あ、すみません。氷室さんも美しいんで。男に美しいとか、照れますね」

星野は照れ隠しで笑い出す。似ていると言われ、ふっと八百比丘尼を思い出した。ついで、那都巳の話も。

——俺は、小さい頃に会ったことがある。

那都巳が言っていた尼とこの絵に描かれた尼は同一人物だろうか？　星野の祖父がいつ描いたか知らないが、二十年くらい前と仮定するとありえない話ではない。

「とりあえず、見たところ呪詛が込められているとか、呪われた絵だとか、そういうのではないようです。もう一泊しますんで、明日また来ていいですか？　本当に絵が消えるのかどうか、確かめたいです」

このまま何でもないと帰るには忍びなく、櫂はそう提案した。星野は悪霊払いでもしてもらえると思っていたようで、がっかりした様子だったが、明日来るという話を受け入れてくれた。念のため櫂は絵の写真をスマホに保存しておいた。明日来た時に、本当に絵が消えていたら、もっとくわしく調べてみるつもりだった。

「それと蛇人間というのは？」

櫂はかすかな期待を込めて星野に尋ねた。探している大蛇の魔物と何か関係があったらいいと願った。

「ああ、あれね。暗闇で見間違えただけでした。いやだなぁ、沢田さん。そんな話もしちゃったの？　最近ついてなくて、夜中この付近をドライブしてたら顔中うろこで覆われた人を見たんですよ。蛇人間だと思って怖かったなぁ。ところが後日会ったら、顔のしわが異様に多い老人だっただけで……」

　櫂は落胆して、肩を落とした。期待していなかったが、今回も空振りか。

「そうですか……」

　目に見えて元気を失った櫂を、星野が困惑して見やる。櫂は部屋を出て、居間で待っている羅刹の元へ戻った。羅刹は段ボールを開けて、中に入っている非常食を喰っている。

「これ、まずいな」

　クッキーを噛み砕きながら羅刹が眉を寄せる。

「こら！　勝手に人の物を喰うな！」

　櫂が慌てて箱を取り上げると、星野が高らかに笑う。

「いいですよ。そんなのいっぱいあるから。祖父は非常事態に備えて、たくさん非常食を買い込んでいたらしいです」

　星野は鷹揚（おうよう）に笑うが、羅刹の常識のなさには困ったものだ。自分のものと他人のものの区別がつかないから、目についたものを何でも食べてしまう。

「それじゃ、明日午前中にまた伺います」

櫂は星野に挨拶して、羅刹と車に乗り込んだ。星野はまた片づけ作業に入るらしく、家の中に戻っていった。

「終わったのか？」

口元についたクッキーの粉を払って、羅刹が言う。

「いや、よく分からないんで、明日また来る。とりあえず、宿を探そう」

スマホで宿を検索して、ビジネスホテルを予約する。二人分だと金がかかるので、羅刹には霊体化してもらおう。そんなことを考えていると、羅刹の手が伸びてうなじを摑まれる。

「おい……」

羅刹が首を伸ばし、櫂の唇を吸ってくる。拒否しようかと考えつつ、櫂は迷うように羅刹の肩に手をかけた。羅刹のキスはどんどん深くなっていって、探るように手がシャツの中に潜り込んでくる。

「馬鹿。車の中だぞ」

乳首の辺りを弄（いじ）られて、櫂は厭（いと）うように羅刹の肩を押し返した。依頼が空振りだったのもあって、強く拒否する気持ちにはなれなかった。依頼内容も陰陽師が出る必要性を感じない。

「そういうのは……宿に行ってからにしろ」

羅刹にキスされて、かすかに身体が熱を帯びている。櫂の声に甘い響きを感じとったのか、羅刹が素直に応じて身体を退いた。

スマホで宿の予約をシングルからツインに変え、櫂は車のエンジンをかけた。

ホテルの一室に入り、ドアを閉めるなり、羅刹の手が伸びて抱きしめられた。壁に押しつけられるようにして、キスをされ、腰を抱き寄せられる。乱暴な手つきで髪を弄られ、櫂は旅行バッグを落として、羅刹の口を手で覆い隠した。

「がっつくなって……。汗掻いてるから、シャワー浴びたい」

押しのけても押しのけても唇を吸ってくる羅刹に呆れ、櫂は乱れた息遣いになって言った。初めてキスした際は、生気を吸い取る気かと騒いでいた羅刹は、すっかりキスが好きになっている。

長野駅の近くにあるビジネスホテルは、平日とあって閑散としていた。五階のツインルームはベッドが二つとデスクとテレビがあるだけの簡素な部屋だ。すぐにでも押し倒してこようとする羅刹を厭い、櫂は逃げるように浴室に急いだ。湿度が高いので嫌な汗を掻いている。汚れを落としたくて浴室に入ると、羅刹が追いかけて無理やり入ってきた。ユニットバスなので羅刹のような大男がいると、狭苦しい。

「一刻も我慢できない」

羅刹は暑そうにシャツを引き千切る。せっかく買ったシャツが……と嘆きながら、櫂は素早く衣服を脱いでいった。このままでは焦れた羅刹に自分の服まで破られそうだ。

「ズボンの替えはない。頼むから破くな」

ズボンを破りそうになっている羅刹に懇願し、櫂はシャワーの湯をひねった。急いで裸になり、浴槽に入る。

「うわ……っ」

シャワーの湯を背中にかけようとしたとたん、後から入り込んできた羅刹が背後から抱き込んできた。羅刹は興奮した息遣いで櫂のうなじに噛みついてくる。

「痛い痛い、もう……」

がぶがぶとうなじを甘噛みする羅刹に辟易し、櫂は身をよじった。羅刹はすでに下腹部が硬くなっていて、密着した身体に押しつけてくる。興奮しているがまだ人間の形を保っているので、櫂はこのままでいてくれと願いながら、ボディソープを手に溜めた。

「ちょっと準備するから待ってろ……」

今にも突っ込みそうになる羅刹に焦り、櫂はボディソープで尻を解し始めた。羅刹は櫂の耳朶をしゃぶり、前に回した手で胸元を撫で回す。

「ん……」

羅刹の手が乳首を摘まみ、擦り上げると、櫂は思わず腰を揺らめかせた。密着する羅刹の息が熱い。羅刹はうなじや耳朶を舐め回し、乳首を指先で弾いている。

(何かこいつ……最近前戯っぽいのするんだよな)

最初は入れるだけでいいという感じだったのに、どういうわけか最近は櫂を感じさせようとするしぐさが見える。まさか櫂を気遣ってだろうかと疑惑を抱いていると、羅刹の手が尻の穴を解す櫂の手に重なった。

「吾もそこを弄りたい」

耳元で囁かれ、櫂は戸惑って振り返った。シャワーの飛沫が頭からかかって、瞬きをする。

「いいけど、優しくしてくれよ？　繊細な場所だぞ」

櫂が指を引き抜いて言うと、羅刹がボディソープで濡らした指を中に入れてくる。長くて節くれだった羅刹の指が内壁をぐるりと掻き混ぜる。

「ん……」

羅刹がやりやすいように腰を上げて、タイルに手をつく。羅刹の指はぬめりを伴って、身体の奥を探ってきた。もっと乱暴にされるかと思ったが、意外と丁寧な手つきで驚いた。

「あ……、そこ」

羅刹の指が前立腺の辺りを探り、櫂は鼻にかかった声を上げた。羅刹の指がふっくらした部分を擦り上げる。丹念に内部を擦られ、櫂の性器があっという間に勃ち上がる。

「なるほど、ここがいいのか」

羅刹が指を増やし、櫂の感じる場所を執拗に弄り始める。同時に袋も優しく揉まれ、息が上がってきた。徐々に全身が熱を帯びる。振り向くと、羅刹が熱心な様子で櫂の尻の穴を見つめている。

「柔らかくなってきた」

おもちゃで遊ぶ子どもみたいに、羅刹が指を入れたり出したりする。櫂ははぁはぁと息を喘がせ、腰を震わせた。無性にキスがしたくなり、身体をずらして羅刹に抱きついた。驚いたように羅刹の手が尻から抜ける。

「ん……。はぁ……、は……」

羅刹のうなじを引き寄せ、唇を重ねる。すぐに羅刹が食むように櫂の唇を堪能した。羅刹はキスが上手くなった。絡めた舌先が心地いい。まるで愛されているかのように唇を貪られ、感度が高まっていく。

「あ……っ」

キスをしながら再び尻の奥に指を入れられ、櫂は甘い声を上げた。羅刹はすっかり櫂のいいところを会得したようで、入れた指先で内部を弄ってくる。

「あ、あ……っ、ひ……っ、は……っ」

気持ちよくなって甲高い声を上げると、羅刹の性器がぐっと反り返っていくのが分かった。

櫂の感じる姿に煽られるのか、羅刹の興奮も増していく。

「も……入れていい、から」

熱い吐息をこぼしながら囁くと、羅刹の指が引き抜かれた。降ってくるシャワーの湯を厭いながら、櫂は背中を向けた。羅刹の手が櫂の腰を抱え込み、いきり立った性器の先端が押しつけられる。本当はまだ早かったが、自分も興奮していたので、腰を上げて羅刹を迎え入れた。硬くなった性器の先端が、ぐぐっと内部に潜り込んでくる。

「う……、は……っ」

羅刹の性器がゆっくりと身体の中に押し入ってくる。羅刹はずっと人間体だったので、尻の穴をめいっぱい広げられても、痛みはそれほど感じなかった。

「はぁ……、はぁ……っ」

羅刹の性器が奥まで押し込められる。熱くて硬くて、息が乱れる。男の性器を受け入れるたびに、どこか満たされた気持ちになる。昔はこれが欲しくて、夜の繁華街をうろついた。あの頃も自分の浅ましさにげんなりしたものだが、今は鬼の性器を銜えて悦んでいると思うと、情けなくなる。

（あー……、気持ちよくて嫌になる）

鼓動が速くなるのを鎮めようと、櫂は腕の中に顔を埋めて呼吸を繰り返した。

「何を考えている……?」

羅刹の手が前に回り、ぎゅーっと抱きしめられた。櫂は戸惑って肩越しに振り返り、情熱的な目つきの羅刹にどきりとした。

「何、って……、あ……っ」

背中にくっついた羅刹が軽く腰を揺さぶる。小刻みに腰を動かされ、櫂は鼻にかかった声を上げた。羅刹は櫂の胸元を撫で回し、立ったまま、腰を蠢かした。乱暴ではなく、優しい動きに櫂は切れ切れに声を上げた。

「や、あ……っ、あ……っ、ん……っ」

櫂の身体に馴染ませるように、羅刹は抱きしめた身体ごと小さく揺さぶってくる。じわじわと気持ちよさが高まり、櫂はとろんとした目つきになって息を喘がせた。

(くぅ……、何だこいつ……、う、上手くなってる……。やばい、ぼーっとしてくる)

羅刹とセックスする際は、理性を飛ばさないようにと気をつけていたのに、回を重ねるごとに羅刹のやり方が上手くなっている。自分本位のセックスではなく、櫂の様子を窺いながら、動いている。

「何だよ、お前……、も……、はぁ……っ、はぁ……っ」

優しくトントンと奥を突かれ、櫂は引っくり返った声になった。櫂が奥で感じ始めているのを知ると、羅刹の腰の動きが少しずつ深くなる。

「気持ちいいか……?」

羅刹が耳朶を食みながら、腰を動かす。空いた手で乳首を摘まれ、ぎゅーっと引っ張られる。しこった乳首をくりくりと動かされ、櫂は嬌声を上げた。

「い、いい……っ、あ……っ、や……っ、あぁ……っ」

身体中、あちこちを弄られて、しだいに立っているのがつらくなった。胸も尻も気持ちよくて、甘い声がひっきりなしにこぼれる。性器の先端からは先走りの汁がこぼれ、つま先ががくがくしてくる。奥にいる羅刹の熱が心地よくて、無意識のうちに腰を揺さぶっていた。

「まだ触っていないのに、もうイきそうではないか」

羅刹の手が、櫂の性器をひと撫でする。すると、それが引き金となって、櫂は白濁した液体を撒き散らした。奥にいる羅刹の性器をきつく締めつけ、全身を硬直させる。羅刹の息遣いも、切羽詰まる。

「はぁ……っ‼　はぁ……っ、は……っ」

その場に崩れそうになる櫂の腰を、羅刹が抱き留める。

「もう達したのか……。吾も、中に出すぞ」

獣じみた息遣いでぐったりする櫂の腰を抱え、羅刹が上擦った声を上げる。まだ息が整わないうちから、羅刹が容赦なく腰を突き上げてきた。熱を持った内部を穿たれ、櫂は甲高い声を放った。

「うっ、く……、呑み込めよ」

羅刹は思う存分腰を振ると、上擦った声で櫂の腰をぐっと引き寄せた。内部にどろりとした液体が注ぎ込まれる。酒の匂いが鼻につく。羅刹の精液は、酒の匂いがする。

「ひ……っ、は……っ、は……っ」

羅刹に最後の一滴まで注ぎ込まれて、櫂は息も絶え絶えになった。やがてずるりと性器が抜かれ、楔（くさび）を失った身体は浴槽にへたり込んだ。

「はぁ……っ、はぁ……っ」

どろどろと尻から羅刹の精液がこぼれ落ちてくる。全力疾走をした後のように、身体中で息を喘がせた。

「この風呂場は狭いな……」

羅刹はそう言いながらシャワーヘッドを摑み、櫂の身体中に湯をかけ始めた。ユニットバスに男が二人いると、それだけで窮屈だ。

少し呼吸が落ち着くと、櫂はボディソープをとって全身を洗い始めた。本当は洗ってからやりたかったのに、我慢できない羅刹に合わせて順番が狂った。

「おいこら」

自分で洗おうとすると、羅刹の手が全身を撫で回すようにしてくる。櫂を真似て、ボディソープで洗おうとしているのか。不気味なものを感じて、櫂は顔を引き攣らせた。

「お前、どうしたんだ？　変だぞ？　そういうの……」

愛撫に似た動きでぬめりをともなった手で背中や腰を撫でられ、櫂は身を引いた。人間臭いというか、こちらを気遣っているようで不気味だ。

「何が気に食わない？　お前の身体を綺麗にしてやっているのに」

羅刹はムッとしたように、櫂の二の腕を泡立てる。

「いや……、まぁ……」

自分でも何に戸惑っているのか分からず、代わりに羅刹の腹筋を泡立てた。羅刹の身体は引き締まっていて、思わずすがりつきたくなるようないい身体だ。しかも今日はずっと人間の身体のままで、犯されても苦しさはなく気持ちいいだけだ。

「……まだするのか？」

羅刹の性器を丁寧に洗ってやると、再び芯を持ち始める。一回で終わってくれれば楽なのだが、羅刹の性欲は収まらないようだ。鬼は二度目の吐精は長くかかるので、抱かれるほうは大変なのだ。

「当然だろうが」

羅刹の指が尻の中に溜まった精液を掻き出していく。ひくりと腰を震わせ、櫂は甘い吐息をこぼした。

身体を乾かしてベッドに移動すると、羅刹は櫂の身体中を吸ってきた。鬱血した痕がそこかしこにつき、嫌でも身体が熱くなっていく。特に羅刹に乳首を吸われると、たまらないほど身体が疼いて、甲高い声がこぼれた。

「はぁ……っ、ひぁあ……っ、あっ、あっ、あっ、すごい、いい」

乳首を舌先で弾かれ、嬲られ、きつく吸われる。ぴんと立った乳首が唾液で濡らされ、櫂は甲高い声を上げまくった。片方の乳首を口で吸われ、もう片方の乳首を指で執拗に弄られる。男なのに恥ずかしいが、乳首は櫂の性感帯だ。そこを弄られると、快楽のスイッチが入ってしまう。

「面白いほどに感じるな……、見ろ、びしょ濡れだ」

櫂の乳首を摘み上げながら、羅刹が性器を軽く扱く。長い間、乳首を弄られ続け、性器からとろとろと蜜があふれ出ていた。シーツの上で身をよじり、櫂はいやいやをするように乳首を甘噛みする羅刹の肩を押した。

「ひ……っ、あ、ああ……っ」

銜えた歯で乳首を引っ張られ、引き千切られそうで怖い反面、ぞくぞくした快楽が脳天まで突き抜ける。ベッドに移動してから、羅刹は櫂に挿入していない。ただひたすら櫂の身体を愛撫し、乳首を弄っている。

「何だよ……お前……、何で入れないの……？　やぁ、もう……」

ずっとこちらの愛撫ばかりされて、頬は上気し、生理的な涙がこぼれている。身体の奥が疼いて、つま先が時おりぴんとなる。羅刹は時おり思い出したように尻の奥に指を入れ、ぐちゃぐちゃと掻き乱すが、わざとなのか、なかなか繋がろうとしなかった。

「気持ちよくしてやってるのに、何が不満だ。ここでイくのが嫌か？」

羅刹が指先で乳首を弾き、艶めいた笑みをこぼす。そんな動きにさえ甘い声を上げ、櫂は身をよじった。このままだと本当に乳首でイきそうだ。櫂は羅刹の性器を握った。とっくに勃起しているくせに、見せびらかすだけで入れてくれない。

「なぁ、もう入れろよ……、欲しいんだよ」

我慢できなくなって、櫂は羅刹の性器を引き寄せるようにした。全身が熱くなっていて、奥に開いた穴を埋め尽くしてほしかった。濡れた目で見上げると、羅刹がふっと笑った。

「羅刹……」

羅刹が屈み込んできて、櫂の唇を吸う。舌先で口内を探られ、絡め合った舌を吸うようにされる。櫂の乱れた息遣いをからかうように頬を突かれ、ムッとして顔を背けた。

「これが欲しいのか」

羅刹が櫂の足を持ち上げ、尻の穴に性器の先端を押し込んでくる。一度繋がった後なので、羅刹の大きな性器は引き込まれるように入ってきた。待ち望んだモノが奥に埋め込まれ、櫂はぶるりと腰を震わせた。

「あ、あ、あ……っ‼」

感度が高まっていたのもあって、奥までぐっと突き上げられると、堪えきれない快楽の波に流された。身体を仰け反らせ、全身を震わせて、射精してしまう。羅刹の性器で性感帯を擦られ、腹の辺りに精液を吐き出した。

「ひゃ、あ……っ、は……っ、は……っ」

櫂は激しく息を荒らげ、びくびくと腰を跳ね上げた。櫂の足を折り曲げ、羅刹が気持ちよさそうに熱い吐息をかける。

「入れただけでイったのか……？　中がひくついて、気持ちいいぞ……」

櫂の太ももを撫で回し、羅刹が言う。櫂はまだ苦しげに呼吸を繰り返していて、羅刹が身じろぎするだけで、びくんと身体を蠢かせた。今日のセックスは変だった。感じすぎている。羅刹がやたらと愛撫をするからだろうか？　気持ちよくて、頭がぼうっとする。

「お前……綺麗な顔をしていたのだな」

繋がった状態で羅刹がまじまじと顔を覗き込んで言った。目と目が合い、何故か銜え込んでいた羅刹の性器を締めつけた。それが心地よかったのか、羅刹が屈み込んで櫂の唇を吸った。

「ん、ん……」

羅刹の腰に足を絡め、食んでくる唇を舐める。櫂が腕を羅刹の首に回すと、抱き込むようにして腰を揺さぶられた。小刻みに奥を擦られ、気持ちよくて涙がこぼれる。言いたくないが、これまでに櫂を抱いたどの人間より、今日の羅刹のセックスが一番気持ちよかった。これは鬼なんだぞと自分を戒めるが、気持ちよさには抗えない。

「はぁ……、ああ……、やばい、おかしくなる……」

キスをされながら腰を回すように動かされ、櫂は引き攣れた声を上げた。声が引っくり返ってしまう。羅刹の熱い息遣いが耳に心地よくなる。自分を抱いているのは鬼なのに、快楽が深すぎて、訳が分からなくなる。

「またイっちゃう……、イきっぱなしになる……」

奥を穿たれ、櫂はろれつの回らなくなった声で呻いた。萎えた性器からは、とろとろと精液がこぼれ出ている。深い快楽に流される。このまま一時間も二時間も責められたら、理性が吹っ飛んでしまう。

「お前の中は蕩けるようだ……、興奮するのを必死に抑えているのに煽られる」

羅刹は腰の動きを速めながら、低い声を出した。やはり羅刹は櫂の身体を気遣っている。胸の辺りが熱くなり、我ながら戸惑った。羅刹は術で使役している鬼なのに、余計な感情が芽生えそうになる。

「だいぶ柔らかくなった……、鬼に戻ってもいいか？」

ふいに羅刹の目が光り、櫂の胸を撫でて、窺うように言う。

「え……、ちょ、ひぁああ……っ‼」

忘我の状態だった櫂は、内部にいた羅刹の性器が膨れ上がり、悲鳴じみた声を上げた。羅刹がふーっ、ふーっと息を吐き、鬼の姿に戻って櫂を押さえ込む。

「ひ……っ、は……っ、馬鹿、馬鹿、いきなり……っ」

信じられないほどの巨根が腹の中に納まっている。櫂は胸を喘がせ、息も絶え絶えになった。羅刹の性器は全部入り切っていないのに、ひどく深い部分まで犯されている。

「駄目、駄目……っ、無理、やぁああ……っ」

羅刹がゆっくり腰を動かすと、櫂は泣きながら身を仰け反らせた。大きすぎて、腹を突き破りそうで怖い。熱くて硬いモノで串刺しにされている。怖くて苦しいのに、櫂の性器は萎えていない。

「やー……っ、あー……っ、あー……っ」

大きなもので、奥の感じる場所をゴリゴリと擦られ、櫂は仰け反って嬌声を上げた。怖いはずなのに、自分がどうしようもないほど感じているのが分かり、混乱する。羅刹が腰を動かすたびに、精液ではなくて別のものが漏れそうになった。嫌だ。やめて。そう繰り返すたびに、羅刹はいきり立ったように、腰を突き上げてくる。

「やぁ……っ、あああ……っ、ひぃ」

羅刹に奥を穿たれながら、櫂は絶頂に達した。精液はほとんど出なかったが、身体中で深い絶頂を感じていた。意識が朦朧として、嬌声を上げ続ける。全身に力が入らず、どこに触れられても身体が跳ね上がった。

朝がくるまで、何度も、何度も、恐ろしいほどの絶頂を味わわせられた。脳天まで突き抜けるような快楽は、櫂の意識を混濁させた。泣きながら羅刹にすがりつき、絶え間ない快楽に翻弄された。

朝が来たのは分かったが、身動きがとれなかった。

眠い目を擦ると、背中にくっついている羅刹の寝息が耳朶にかかってくる。昨夜は鬼に戻った羅刹にいいように犯され、ほとんど気絶状態で眠りについた。羅刹は櫂を抱きしめたまま眠ったようで、抱き枕にされている。

「ううう……、ケツが……」

櫂は太い腕から必死になって抜け出し、腰を押さえてベッドから起き上がった。二つベッドがあるのだから、もう一つのベッドで寝ればいいのに、羅刹は櫂を抱え込んで眠りについたらしい。道理で窮屈だったはずだ。しかも羅刹は鬼の姿で寝ているせいで、ベッドから足がはみ出している。

気持ちよさそうに眠っている羅刹を見下ろすと、昨夜の醜態が思い出される。昨夜羅刹は、二度目の吐精はいつもより速かった。だから安堵したのに、まだ足りないと言い出し三回戦目に突入したのだ。おかげで一晩中喘がされ、咽はカラカラで声はかすれている。おまけに腰に力が入らない。

(ラブホにすりゃよかった……)

汚れたシーツとこもった匂いが気になり、櫂はひどく後悔した。隣の部屋に人がいたら、確実に声が聞こえただろう。後半は理性が吹っ飛ぶくらい気持ちよくなってしまい、すごい声で喘いでいた。

(やばいセックスだった。深入りすると、マジで戻れなくなる)

裸で寝ている羅刹を見下ろし、櫂は赤くなったり青くなったりして、浴室に逃げ込んだ。精液が身体にこびりついて、汚れている。腰を押さえながら頭からシャワーを浴び、身を清めた。

(なんだかなー。昨夜はのめり込みすぎた)

依頼内容は悪霊絡みとは思えないし、羅刹を受け入れてもいいだろうと思ったのがまずかった。もともと櫂は男が好きだ。繁華街で男漁りをしていたこともある。その櫂にとって、羅刹とのセックスは危険なものだった。相手は人間ではないし、術で感情を縛っているだけの存在なのに、こんなに溺れてしまった。

（あー。鬼とのセックスがよかったとか、俺は変態か。肉欲への執着を俺が捨てきれないせいだ。こんなんだから、陰陽師として高みにいけない）

強めに身体を擦り、昨夜の情事の痕を消そうとした。けれど羅刹が嚙んだ痕や、強く吸った痕が白い肌に浮き上がって、どうしても目に入ってしまう。身体を洗いながら、無意識の内に羅刹がどう自分を抱いたか思い返していた。ここ数年、不毛な肉体関係を求めるのはやめようと決めて、隠居生活をしていた。それが羅刹との性行為で、以前の性欲がぶり返してきた。

（まぁ……どっちみち、残りの寿命も少ないしな。もうすぐ死ぬなら、やりたいことやるほうがいいのか）

投げやりな気持ちに傾きかけて、慌てて首を振った。自分にかけられた呪いを解き、死という運命から逃れるために最後まであがき続けなければならない。

「うー……」

尻のはざまにシャワーの湯を当て、昨夜たっぷりと出された羅刹の精液を掻き出す。羅刹の巨根のせいで、そこはまだ柔らかい。指では届かない奥にも羅刹の匂いが残っていて、頭がくらくらした。

「吾を置いていくな」

唸り声と共に浴室のドアが開き、櫂はびっくりして振り返った。羅刹が大きなあくびをしながら、のそのそと浴室に入ってきていた。

「もう起きたのか。昨夜はずいぶんよがっていたな。吾も愉しんだ」

羅刹は機嫌のよい顔つきで泡だらけの櫂を抱きしめ、顔中にキスを降らしてきた。

「おい、お前のせいでこっちは腰がヘロヘロなんだ。そういうのはやめろ」

油断していると羅刹の手が尻を揉んでくるので、櫂は厚い胸板を押しのけ、シャワーの湯で泡を流した。お前も綺麗にしろと言い捨てて、先に浴室を出る。

旅行バッグに入っていた白いシャツとズボンを引っ張り出し、着替える。羅刹の分も持ってきておいて本当に良かった。

「このホテルには二度と泊まれないな……」

精液で汚れたシーツを見下ろし、櫂は頭を抱えた。チェックアウトの時間まで一時間ほどある。スマホで星野に連絡を入れ、二時間後くらいには伺うと言っておいた。星野の家に行き、問題の九相図を確かめた後、自宅に戻ろう。どうせ九相図には変化がないに決まっている。何の霊障も感じなかった。絵が消えたのは、他の理由だろう。

「腹が減ったぞ」

びしょ濡れのまま出てきて、空腹を訴える羅刹を見やり、櫂は一人で来ればよかったと独り言ちた。

十二時を少し回った頃、櫂たちは星野家に着いた。

クーラーの効いた車内から一歩出ると、外は蒸し風呂だ。今日は朝から日差しが強く、熱中症に気をつけろという放送がしきりに流れている。

「天変地異の前触れか」

羅刹は焼けつくような暑さにおののいている。今日は黒いTシャツを着ていて、暑いのか赤毛を縛っている。櫂は呼び鈴を鳴らしながら、「大げさだ」と笑った。

『あっ、氷室さん！　早く入ってきて下さい！　また消えているんです！』

インターホンから素っ頓狂な声がして、櫂は困惑した。また絵が消えたのか。半信半疑で門を開け、玄関に向かった。星野は今日も片づけに勤しんでいたらしく、汗だくで玄関を開ける。

「どうぞ、早く中に」

星野は興奮した声で、櫂を急かす。羅刹がついてきたので、一緒に奥の部屋へ向かった。室内は冷房がなく、扇風機が一台置かれているだけだ。そういえば昨日は羅刹は居間に残していて、九相図を見せていなかった。一応説明するべきかもしれない。

「絵の中の人物が消えるらしい」

羅刹に耳打ちすると、まったく興味がないのか相槌も打たない。鬼にとって絵などどうでもいいのだろう。

廊下の奥にある部屋に入ると、櫂は問題の壁の前に立った。

「え……っ⁉」

九相図の三枚目の絵——腐敗していく尼の身体を描いたものだ。信じられないことに、確かに尼の身体だけくっきり消えている。しかも——昨日はまったく気づかなかったが、今日は禍々(まがまが)しい気配を感じる。

「昨日と違う……」

櫂は絵を凝視して、スマホを取り出した。昨日撮った画像と見比べ、その違いに愕然(がくぜん)とする。本当に人物のところだけ消えている。しかも部屋中に漂う、悪霊悪鬼の類の波動。何かよくないものが、存在していた。何故昨日は気づかなかったのかと、櫂は混乱して、髪を掻きむしった。

「ねっ！　言った通りでしょう⁉　どういうことですか！　悪霊の仕業ですか⁉」

星野は前のめりになって、声を高くする。

「星野さん、昨夜はここに泊まったんですよね？　何か異変は起きましたか？」

頭を整理させようと、櫂は星野に向き直った。

「泊まりましたけど、この部屋では寝てませんよ。怖いじゃないですか。今日、氷室さんが来る少し前にこの部屋に入ってみたら、やっぱり消えてるから、ぞくっとしちゃいましたよ」

星野は身震いして言う。絵の中の人物が消えるなどあるのだろうか。こんなふうに毎晩、一つずつ。絵を見たら帰るつもりだったが、そう簡単にはいかないようだ。この怪異を確かめなければならない。

「星野さん。昨日は確かになかったんですけど、今日は何か禍々しいものの気配を感じます」

櫂は部屋を見回して、眉根を寄せた。昨日もっと念入りに調べるべきだったかもしれない。禍々しいものの気配は、櫂が部屋に入ってしばらくすると消えてしまった。どんなものがいたのかさえ、判別できなくなった。

「やっぱり尼の霊が……」

星野はすっかり絵の中の人物が外に出てくると信じているようだ。

「――今夜、俺もここに泊まっていいですか？　部屋の中にいて、いつ絵が消えるか確認します。何か別の理由があるかもしれないし」

櫂は顔を引き締めて言った。星野は喜んで同意し、今夜は徹夜で見張りましょうと櫂の手を握る。

ふと羅刹を見ると、一枚目の尼の絵の前で考え込んでいる。

「どうした？　何か感じるか？」

鬼である羅刹には通じるものがあるかと期待し、櫂は声をかけた。羅刹はぼんやりした顔で絵を見ている。

「いや……。吾は……」

羅刹が手を伸ばし、恐れるように絵に触れる。羅刹の様子が少しおかしい気がして、櫂は首をかしげた。羅刹は尼の姿に心を奪われたように、ぴくりとも動かなくなる。

「羅刹？」

羅刹の背中を叩くと、ハッとしたように身体を揺らし、難しい顔つきになった。

「昔の記憶が蘇（よみがえ）ったような気がしたのだが……分からなくなった」

目元を擦り、羅刹が呟（つぶや）く。羅刹は昔の記憶が消えていると言っていた。長い間封印されていたせいだろう。尼の絵を見て何か思い出しかけたようだが……。

「羅刹。今から戸隠神社に行くぞ」

櫂は時計を確認して、大きな背中を押した。

「戸隠神社？」

「お前と寝たせいで穢（けが）れたから、そこで清めてもらうんだ。いいから車に乗れ」

神経を尖（とが）らせ、櫂は星野に夕方頃来ると告げて家を出た。

鬼と性交した身体には穢れがついている。そのままでは怪異と遭遇して呑み込まれる可能性がある。相手がどんなものか、手がかりもないのだ。霊符は持ってきているが、何が起こるか見当もつかない。戸隠神社は修験（しゅげん）の名所としても有名で、手っ取り早く霊力を高めるには五社参りがうってつけだ。

「クソ、一体どうなってるんだ」

車に乗り込み、エンジンをかけ、櫂は愚痴をこぼした。ナビに目的地を設定して、発進させる。まずは宝光社、火之御子社、そして中社、九頭龍社、奥社へと参る。車で行くとはいえ、標高の高い場所にある社ばかりだ。すべて参拝したら夕刻になっているだろう。

「鬼を連れて参拝か……。神様に叱られなければいいが」

助手席にいる羅刹を見やり、別の懸念が頭をもたげてくる。道沿いの木々を見つめながら、今夜は長い夜になりそうだと覚悟を決めた。

戸隠は地脈に強いエネルギーが隠されていると櫂は考えている。聖地というと大げさかもしれないが、ここにはまるで龍の姿のように、強い霊力を秘めたラインがいくつもある。特に五社がある場所はそれが強く、奥社に至っては肌が粟立つほどの神気を感じる。

そのせいもあって、羅刹は五社のどれにも近づくことはできなかった。鳥居を潜るのはおろか、近くにいるだけで拒絶されている気配がそこかしこから湧いて出た。鬼がうろついているのだから当たり前と言えば当たり前だが、眷属たちの騒ぎようは大変なものだった。

「羅刹。悪いけど、ここで待っていてくれ。二時間近く待たせるかもしれない。人様に迷惑をかけるなよ？　変なとこ触るなよ？　腹が立っても人を喰っちゃ駄目だぞ？」

三社を参った後、戸隠奥社入り口の駐車場で、櫂は懇々と羅刹に言って聞かせた。奥社へは大鳥居から徒歩で四十分かかる。その間羅刹を車に残しておくのが不安でならなかった。外に出したら、待ち構えている眷属たちと喧嘩になるだろうし、人間と諍いを起こすのも困る。念のために式神の狛犬たちを車内に置いて行くが、突拍子もない真似をする鬼なので、心配は尽きなかった。

「うるさいな。ここで寝ていればいいんだろうが。二時間以上、吾を待たせたら、吾がこの車を操ってお前を迎えに行こう」

「そういうの駄目だから！」

ちっとも理解していない羅刹にくどくどと言い聞かせ、櫂は車を下りた。三社参りをしたのでだいぶ穢れは落ちているが、やはり奥社参りをしなければ意味がない。

ちらちらと車を振り返りつつ、櫂は大鳥居を潜った。

少し早歩きで、参道の杉並木を進んだ。平日だが参拝客も多く、杖をついた老人も歩いている。数日前に降った雨の痕が地面に残っていて、櫂は乾いた道を選んで歩いた。随神門を越えるとますます神気が高まり、道も勾配が急になってきた。天狗や龍が高い場所にいるのを感じる。

「はぁ……体力が落ちてるな。いや、羅刹のせいか」

石段を上がる頃には汗びっしょりになって、息が切れた。羅刹のせいで腰に力が入らない。昨夜流されてセックスしたのは大きな間違いだった。

ようやく奥社が見えてきて、櫂は一息ついた。九頭龍社と奥社に参拝し、穢れを祓い、アドバイスが欲しいと神様に願い出る。しばらくすると光る存在が奥から出てきて、櫂の頭頂部に神気を注ぎ込んできた。

『黄泉比良坂より、過去の遺恨が蘇る』

戸隠神社の神さまの声が、脳裏に響いてくる。黄泉比良坂といえば生者と死者の国との境目だ。そこから過去の遺恨が蘇ってくるなんて、不気味な宣託に聞こえた。奥社の御祭神は天手力雄命だ。その後ろからにゅうっと龍が姿を現し、威嚇するように櫂を睨みつけてくる。

『鬼がいると、眷属が騒ぐ。早々に帰るがよい』

神様から手痛い言葉をもらい、すごすごと引き下がるしかなかった。鬼連れで来ているのがばれている。帰り際にもっとアドバイスが欲しくておみくじを引くと、平という珍しいもので、『吉凶はその身の行ひによるとしるべし』と書かれている。羅刹を長く待たせるのは危険だ。帰りは急ぎ足で、駐車場へと向かった。

羅刹はおおむねいい子にして待っていた。羅刹のためにコンビニで買っておいたお菓子やパン、おにぎりはほとんど食い尽くされている。車内に置いておいた狛犬が一頭粘土に戻っていたが、それ以外は車内で寝ていたらしく、問題を起こしていなかった。

五社参りをしたので、すでに時刻は夕方五時を回っている。日が長いので辺りは明るいが、この辺は夜になると電灯もほとんどない。

「夕食を食べてから、星野の家に戻ろう」

羅刹と共に道沿いの蕎麦屋に入り腹を満たすと、まっすぐに星野家へ向かった。星野家に着く頃には暑さも少し緩和されていた。蒸し暑かった家の中も少しはマシになっている。

「だいぶ片づきましたね」

星野に挨拶して家の中を見回すと、櫂は感心して積まれた不要物を眺めた。居間以外の部屋はだいぶすっきりしてきて、物が減っている。それに反比例して廊下に積まれたゴミ袋が大量に増えているが、星野曰く、明後日に専門業者に頼んで全部持って行ってもらうそうだ。

「今夜は俺も寝ずの番をがんばりますよ。氷室さんがいるなら怖くないし」

星野は汗で変色したTシャツで、笑っている。怪異に怯えているというより、興奮しているというところか。シャワーを浴びてくると言って、浴室に消えていった。

「羅刹。何か、感じるか?」

九相図が描かれた部屋に行き、また尼の絵に見入っている羅刹に話しかけた。よほど気に入っているのか、尼の立ち姿絵の前から動かない。

「いや……」

羅刹は心ここにあらずといった様子で呟く。尼に何か思い出でもあるのだろうか。羅刹を封印したのは老齢の高僧だ。

自宅に電話をかけ、まだ少しかかると電話に出た草太に告げた。草太は不満げだったが、お土産を奮発すると言うと欲しいゲームの名前を言ってきた。パソコンは持ってきているので、ネットショッピングで草太の欲しいゲームを取り寄せる。とんだ出費だ。

瑣末な用事をすませて、星野と夜が更けるのを待った。

九相図の絵が描かれた部屋で、トランプゲームをしたり、スマホでテレビを見たりして過ごした。十一時半を回った頃、絵には何の変化もなかった。羅刹は座布団を並べて寝転がっている。星野はしきりにトイレに行くと言って、席を立った。

（消えるとしたら、徐々にじゃないな。いきなりふっと消える感じだろう）

絵を見つめ、櫂はそう結論づけた。徐々に消えていくなら、すでに変化がないとおかしい。今のところ絵にはおかしい点はない。もし消えるとしたら、十二時きっかりとか、丑の刻とか、意味がある時間かも知れない。

「変わった点はないですね」

十二時を一分回った時、星野がどこかほっとしたように言った。櫂も小さく頷いた。

星野が冷蔵庫から冷えたビールを取ってきて、酒盛りをしながら過ごした。羅刹はビールは苦いと言ってあまり好まなかった。おつまみは美味しいらしく、するめを嚙みながらどこから手に入れたのか日本酒の瓶を呷っていた。

どれくらい経った時だろう。

ふいにぞくっとした寒気を感じた瞬間、肩を揺さぶられた。

「おい、絵が変だぞ」

羅刹の声が耳元でして、櫂は一瞬何が起きたか理解できなくて息を止めた。いつの間にか床に頰を押しつけ、寝ていた。眠いと思った記憶はないし、横になった記憶もない。けれどどういうわけか、自分は床で眠っていた。

「嘘だろ……？」

焦って起き上がり、二度、背筋を震わせた。九相図の二枚目の絵から、尼の姿が消えていた。慌てて時計を見ると、二時半を指している。よく見ると、隣で星野もいびきを搔いて寝ていた。

「俺はいつから寝てた？　ぜんぜん記憶がない。お前は起きていたのか？」

混乱してあぐらをかいている羅刹に聞くと、ゆるく首を振られる。

「吾も寝ていたようで、記憶がない。突然目が覚めたら、絵が消えていたのだ」

どうやら三人とも、気づかぬうちに眠っていたようだ。これは物の怪の仕業か。櫂は不気味に思いつつ、星野の肩を揺さぶった。涎を垂らしながら寝ていた星野は、寝ぼけ眼で起き上がり、絵を見て仰天した。

「き、き、消えてる！　えっ、俺、いつの間に寝て……っ⁉」

星野はきょろきょろ部屋を見回し、パニックになっている。お互いに寝ないようにしようと声をかけ合っていたし、そもそも睡魔に負けそうになっていたわけでもない。絶対におかしい。他の誰かが侵入した気配もない。奇々怪々な事件だ。

「あと一枚か……」

これでこの部屋の壁に描かれた九相図の人物絵は一枚きりになった。明日も尼の絵が消えるのだろうか？　だとしたら何の意味が？　部屋にはわずかに物の怪特有の気配が漂っている。絵から抜け出た尼の絵はどこへ行ったというのだろう。

尽きぬ疑問で、頭がいっぱいになった。櫂は睨みつけるように、九相図を眺めるばかりだった。

昨夜の失態を反省し、今夜は確実に怪異の謎を解き明かすと決意した。

戸隠にもう一泊すると草太に電話をした後、櫂はコンビニに行き、無糖コーヒーや、ガム、目覚まし時計を購入した。絵に異変が訪れるのは丑の刻と見当はついた。スマホや目覚ましをセットして、仮に眠ってしまっても目覚めるようにしなければならない。

「氷室さん。申し訳ないんですけど、俺、今夜はご一緒できないんです」

星野は家族から急な呼び出しがあって、急きょ自宅に戻らなければならなくなった。家は自由に使っていいと言われ、明日報告をすることになった。電気は通っているので、あらかじめコンビニで買っておいた弁当を冷蔵庫に入れておいた。他人の家とはいえ、身辺整理をしているので、空き家に泊まるという感覚に近い。昼の間に、羅刹に見張りを頼み、睡眠をとって、夜に備えた。

「静かだな……」

夕方頃目覚め、櫂は薄いシャツ一枚にズボンという格好で九相図のある部屋に入った。近くに民家が少ないというのもあるが、部屋には窓もなく、外部の音がほとんど聞こえないのが要因だろう。扇風機を回しているので、その音だけが響いている。

「暑いな」

羅刹はTシャツにジーンズという格好で、床に大の字になっている。二日分の替えの服しか持ってこなかったので、コンビニで買った白Tシャツだ。正直言って、似合わない。

「羅刹。何かあったらすぐ教えてくれよ？　お前が頼りだぞ」

買ってきた紙粘土で狛犬を作り、術をかける。むくむくと起き上がった狛犬たちは、部屋の中でじゃれ合い始める。羅刹が一頭壊してしまったので、余計な手間だ。

「何か……とは、どういう？　昨夜は特に何も起きなかった気がするが」

羅刹は理解不能という表情で、酒を飲んでいる。絵から人物が消えようと、羅刹にとっては大した問題ではないのだ。

「訂正。俺が寝てたら、すぐ起こせよ?」

座布団にあぐらをかき、スマホを操作する。丑の刻になる前にカメラをセットし、何が起きたか確かめようとした。物の怪絡みの事件なら、何も映らないかもしれないが、昨夜のような失態だけは繰り返したくない。

「退屈だ」

羅刹は同じ部屋に閉じ込められるのに飽きたのか、櫂の背後に回り込んで、音を立ててうなじを吸ってくる。

「そういうのは禁止だ！　それどころじゃないって分かってんのか？　どんな怪異が起こるか把握してないんだぞ？　陰陽師であるこの俺が！」

怪しい手つきで櫂の下腹部を探ってくる羅刹に苛立（いらだ）ち、櫂はぴしゃりと撥（は）ね除（の）けた。

「物の怪が出てきたら、喰ってやる。それでいいだろ?」

羅刹は不満げに櫂を床に押し倒す。

「いいわけあるか。根本的な問題を解決しなきゃ駄目なんだ。これは仕事だぞ、仕事！　第一、物の怪かどうかもまだ……」

起き上がって羅刹の顔をぐーっと後ろへ押す。その手をべろりと舐められ、ムッとして狛犬をけしかけた。羅刹は二頭の狛犬に噛みつかれ、うんざりした様子で寝転がる。

「いっそ壁をぶち壊すか？　この尼の絵を破壊すれば、解決じゃないか?」

羅刹は一頭の狛犬を指で摘まみ上げ、絵に向かって投げつけた。すると、狛犬は壁に激突する前に、何かに撥ね返された。櫂はびっくりして絵に近づいた。

「今の見たか？　まるでバリアでも張ってあるみたいに……」

櫂はまじまじと尼の絵を見つめた。ためしに触れてみたが、かすかに跳ね返る感触がある。

「この絵……どうなってんだ？」

これまで絵というのもあって、触れてはいけないという思い込みがあった。手のひらを押し当ててみると、やはり絵に膜がかかっているような感じがある。描き方に問題でもあるのだろうか？　それに、こう言っては正気を疑われそうだが、ほんのり温かいような……。

（この部屋が暑いせいだ。この酷暑にクーラーもないし、窓もない）

櫂は首を振って、扇風機の風に当たった。しばらく絵を確認して、座布団に戻り、時計とにらめっこする。

「もうじきか……」

刻々と時間が過ぎていき、櫂は緊張した面持ちで絵と対峙（たいじ）した。羅刹は飽きたようで眠ってしまっている。今のところ、絵に変わりはない。絵の中の尼は妖艶（ようえん）な笑みを浮かべている。

（絶対に寝ない、寝ない、寝ない……）

まんじりともせず、夜を過ごした。わずかにうつらうつらしたとたん、部屋中に響き渡る目覚まし時計の音で覚醒（かくせい）する。

「やばっ、何で今、寝かけた……？」

眠い感じはなかったのに、また意識を失いかけていた。急いで目覚まし時計を止めて、絵を確認する。時刻は二時二十五分。羅刹は大きなあくびをして上半身を起こした。

「今日は大丈夫なのか」

羅刹が両腕を思い切り伸ばして伸びをする。

櫂は狛犬に「俺が寝かけたら起こしてくれ」と命じ、立ち上がった。いくら何でも、立っていたら、眠れないはずだ。これでも寝てしまうようなら、もう打つ手はない。

「む……」

絵と睨み合っていると、あぐらをかいていた羅刹が身じろいだ。同時に櫂の全身にも、怖気(おぞけ)が立つ。何か分からないが、突然、得体の知れない恐怖に襲われた。

「何だ、これは……」

鳥肌を立てた腕を擦り、櫂は怯えて絵を見つめた。霊気が部屋中に充満し、狛犬が吼(ほ)え始める。痛いくらいに肌に刺激が起こる。羅刹も立ち上がり、油断なく絵を見据えた。

——その時、不可思議な出来事が起きた。

絵の中の尼が、揺れたのだ。

小さく、小さく、やがて少しずつその動きが大きくなる。絵の中の尼の輪郭がぼけて、ゆっくりと動きだした。

「う、そ……だろ」

櫂は呆気に取られて、背後の壁まで後退した。絵の中の尼は、まるで脱皮するみたいに、ずるりと絵から抜け出てきた。どんなトリックを使ったのか——あるいは、幻覚でも見ているのか——櫂は呆然として、絵から出てきた尼を凝視した。

「はぁ……」

尼は絵から抜け出て、床に足をつけると、小さく吐息をこぼした。目の前に尼が立っている。絵に描かれた尼が。まるで生きているかのように、存在感を伴って。

「まぁ……久方ぶりの現世でございます」

鈴を転がしたような、可愛らしい声が部屋に響いた。櫂は絶句した。目の前の尼は、白くほっそりとした顔を櫂に向けた。黒曜石のように美しく光り輝く瞳、紅も引いていないのに桜色に濡れる唇、整った顔立ち——見覚えがある、と気づいた。亡くなった祖母に、面立ちがよく似ている。ひいては——自分にも似ている。

「まぁまぁ……、このような場所で相まみえるとは」

尼は櫂を見つめ、感激したように一歩近づいてきた。櫂は恐ろしさのあまり、飛び退いた。さっきまで確かに絵だった。それが、今や人間みたいに動き回っている。幻術だろうか？　それとも自分の頭がおかしくなったのか？

「そう怯えないで下さいませ。何も言わずとも分かっております。あなたは私の……」

尼の細く長い指が、櫂に伸ばされる。それは触れる前に、殺気で弾かれた。

「お前……、あの時の尼か！」

気づいた時には櫂は壁際に引っ張られ、尼との間に割って入った羅刹が叫んでいた。羅刹はいきり立ったように鬼に変化した。身体が膨れ上がり、角が伸びる。全身の毛が総毛立ち、羅刹の身体から怒りの炎が舞い上がった。羅刹は荒々しい息遣いで、戦闘態勢をとった。

「ら、羅刹？」

羅刹の異常な様子に面食らい、櫂は冷静さを取り戻した。尼は壁際に立って、微笑(ほほえ)みを浮かべている。

「まぁ……。あなたは……炎咒(えんじゅ)ではないですか」

羅刹を見つめ、尼が目を細める。炎咒？　聞き覚えのない名前に、櫂は驚いた。この絵から抜け出た尼と、羅刹には関係があるのか？　そう聞こうとした矢先、羅刹は尼の腹を拳で貫いた。止める間もないほど素早い動きだった。羅刹が拳を引き抜くと、血が噴き出る。

「羅刹！」

床に飛び散った血を見て、櫂は悲鳴を上げた。血が出ているというなら、人間なのか⁉　物の怪ではないのか？

「ふ、ふ……」

尼の口からも血が噴き出る。目の前の惨劇に驚愕したが、それ以上に櫂をゾッとさせたのは尼は微笑みを絶やさなかったことだ。尼は自分の腹が貫かれたというのに、うっとりした笑みを浮かべていたのだ。

「相変わらず血の気の多い……。あなたは変わらないのですね」

尼は袖で口元を拭った。

信じられない光景が視界に飛び込んできた。貫かれたはずの尼の腹が、あっという間にふさがっていったのだ。羅刹も驚いたように、身体を震わせる。

「何度しても同じこと……。本当に物覚えの悪い鬼だこと……」

破れた袈裟を見つめ、尼が唇を吊り上げる。尼の視線が櫂に注がれ、櫂はどきりとして立ちすくんだ。

「あなた……お名前は？」

尼は小首をかしげて聞く。名前を明かしていいものかどうか分からず、櫂はうろたえた。目の前の尼が人間ではないのは分かった。腹を貫かれてすぐ再生する人間はいない。物の怪だとしても、こんな奇妙な物の怪には逢ったことがない。

「まぁ……教えていただけないのは残念なことです。私はあなたのお味方でございます。どうぞ、あなたの願いを聞かせて下さいまし」

尼の足元に飛び散った血が、すうっと蒸発していく。床に散らばった血はすべて跡形もなく消え去った。これはやはり幻術なのか？　櫂は頭が追いつかず、口をぱくぱくさせた。

「私が誰だか分からないのでございますね。私は八重……。私のことを八百比丘尼と呼ぶ方もおります」

思いがけない名前が提示され、櫂は気づいたら、どんと後ろの壁に背中を打っていた。

「八百比丘尼……だって？」

長年櫂を悩ませ続けていた伝説の人物——だが、だとしたら合点はいく。羅刹に貫かれても死なない身体。

「ああ……、夜が明けてしまいます」

尼は——八百比丘尼はつと天井を見上げ、悲しげに呟いた。まだそんな時刻ではないと言いかけたが、時計を見ると、いつの間にか五時になっていた。羅刹がなおも尼に襲いかかろうと、大きく腕を振り上げる。今度は尼はその動きをふわりと躱した。

「またお会いできる日もあるでしょう。私はあなたのお味方……。あなたの望みを叶えて差し上げます」

尼はそう言って笑うと、壁にすっと消えていった。急いで駆け寄ったが、もうどこにもいない。九相図の絵は、尼の姿絵だけくっきり消えている。

「どうなってんだ……」

櫂は訳が分からず、その場に膝をついた。

四章　回復

部屋を出ると、すっかり外は明るくなっていた。窓から差し込む日の光は、先ほどまでの怪異が嘘のようだった。櫂は庭に出ると、頭を整理するために煙草を吸い始めた。羅刹がのっそりと外に出てきて、庭に点々と置かれた岩に腰を下ろす。

二本目の煙草を吸い終えると、櫂は髪を掻き乱した。

「羅刹。あの尼と面識があるのか？　お前を炎咒と呼んでいたな」

朝の六時とあって家の近くに人の気配はない。星野家の隣の家は徒歩五分かかる距離だ。家の中で込み入った話をする気になれず、櫂はその場で問いかけた。

「あの女の顔を見るまで、すっかり忘れていたのだがな。顔を見て、思い出した。あの比丘尼……吾に炎咒と名づけた」

羅刹は忌々しげに吐き出した。

「鬼がどうやって生まれるか知っているか？」

羅刹の目に昏い光が宿ったのを感じ、櫂は息を呑んだ。

「鬼の血を引いて生まれてくれば、鬼だろう？」

草太の母親は人間だが、父親が鬼なので鬼として生まれてきた。

「それ以外にも、鬼が生まれる方法がある。人間だ。人間が、修羅の道を行けば鬼と変わる」

羅刹は凶器となる長く鋭い爪をわななかせ、ぎりぎりと歯ぎしりした。

「あの比丘尼を見て思い出した。吾は元は人間だった。あの比丘尼が吾を鬼に変えた」

とんでもない話が飛び出してきて、櫂は絶句した。羅刹は元は人間だったのか。あの尼が――八百比丘尼が、羅刹を鬼に変貌させた？　これは偶然なのだろうか？　祖母そっくりの顔をした八百比丘尼は、もしかして本当に自分の先祖だったのだろうか？　そしてもしそうだったとしたら、自分は導かれるように縁のある羅刹の封印を解いたというのか。

「八百年も昔の話だ。吾は昔、百姓をしていた。だが度重なる武士の勝手な振る舞いで、家族をすべて失った。吾は武士から武器を奪い、次々と殺していった。村を捨て、盗賊となった。最初は成敗するという気持ちで始めたことだが、いつしか人を斬り殺すのが楽しくなっていた。人の身体が面白いように斬れるのが快感だった」

羅刹は当時を思い出してか、残酷な笑みを浮かべた。その頃の情景が頭を過ぎり、胸が苦しくなった。

「どれくらいの人を斬った頃か……。ある時、根城にしようと山寺に押し入り、そこにいた坊主をすべて斬り殺した。その時、現れたのが、あの比丘尼だった」

羅刹の目が遠くを見やる。

「比丘尼は『私を食べればいい』と吾を煽った。何故あの時、挑発に乗ったのか……。吾は比丘尼の肉を食べた。恐ろしいほどの苦痛と、力が漲る感覚。気づいたら吾は鬼となり果て、盗賊の仲間を喰い殺していた。そうだ。あれは丹波の山だった」

櫂は息を呑んだ。羅刹は八百比丘尼の肉を喰って、鬼に変貌したというのか。

「鬼となった吾は、丹波の山に棲むしかなかった。人だけでなく、物の怪もたくさん喰った。鬼たちは最初、元人間だった吾を馬鹿にしていた。だが百年も経ち、吾の力が強くなると、吾の家来になったのだ」

記憶が蘇ったのか、羅刹は身体を大きく震わせた。

「あの比丘尼のせいで、吾は心に穴が空いた。どれだけ鬼を殺そうと、人を殺そうと、満たされぬ思いが湧き起こった。あの比丘尼を殺さねばと、坊主に封印されるまでは思っていたのに……、どうして忘れていた？」

羅刹は今にも飛び出しかねない勢いで拳を握った。八百年も封印されているうちに、自分の生い立ちも素性も忘れていたのか。

「あの尼は……、本当に八百比丘尼なのか？」

櫂は羅刹の前に回り、宥めるように肩を撫でた。羅刹の怒気がわずかに弱まり、櫂の存在を思い出したように顔を上げた。

「吾は八百比丘尼の伝説など知らぬ」

「そうか……。お前が腹を貫いても、死ななかったな。しかも……絵から抜け出てきた」

櫂はあの時のことを思い出し、ぞくりとした。八百比丘尼は人魚の肉を喰って不老不死になった女性だ。出家し、尼になったことで八百比丘尼の名前が有名になっているが、元はいいとこのお嬢様で名前を八重（やえ）という。ずっと架空の存在だと思っていた。その尼と、祖母の顔がよく似ていた。

「マジで俺の先祖の可能性がでてきた」

櫂はうろんな目つきで呟（つぶや）いた。

信じたくないし、信じられないが、祖母と似ていたのも含め、物の怪が満月のたびに櫂の家系を狙（ねら）うのは、本当に櫂が八百比丘尼の子孫だったせいなのだ。ずっと誤解だと思っていたのに、真実だったなんて。

これまで、どうして物の怪たちは櫂の屋敷が分かるか疑問に思っていた。例えば匂いを追ってきたなら——物の怪たちは八百比丘尼と似た匂いを持っている櫂の一族を狙ったとしても、不思議ではない。

「駄目だ。頭がおかしくなる。寝不足のせいかもしれないいな」

櫂は目を擦り、うなだれた。絵の怪異を解き明かそうと徹夜していたせいで、頭が上手く働かなかった。

「吾はあの比丘尼を追う。追って、殺す」

羅刹は立ち上がり、肩を怒らせた。その腕を急いで摑み、櫂は待てと怒鳴った。

「尼がどこへ消えたか知らないんだろう？　俺だって、あの尼に用がある。そもそも、殺せないのは身に染みているんだろう。闇雲に傷つけても、あっという間に元通りだぞ」

櫂の指摘に羅刹は面白くなさそうに、それまで座っていた岩を砕いた。石の欠片が飛び散って、危ない。

「まず、ひと眠りしよう。ぜんぜん頭が働かない」

櫂は羅刹の腕を引っ張って、家の中に戻った。羅刹には人間の姿に戻ってもらい、九相図の壁絵がある部屋に布団を敷き、横になった。とうとうこの部屋から尼が消えた。星野にどう話そうかと悩みながら、眠りについた。


昼まで眠ると、頭はすっきりしていた。

やはり連日の無理がたたったのか、睡眠は大事だと自重した。スマホには星野からのメッセージがたくさん入っていた。着信音にも気づかず寝こけていたらしい。隣には眉根を寄せて、うなされている羅刹がいる。尼の夢でも見ているのかもしれない。

「氷室さん！　どうでしたか⁉」

顔を洗って身支度を整えた頃、星野がやってきた。ちっとも連絡がつかないので、何かあったのかと心配していたようだ。

「すみません。いろいろあって」

櫂は星野と共に九相図の壁絵がある部屋に戻った。羅刹が眠そうに起き上がり、頭を掻いている。星野は尼の絵が消えたことに驚愕し、何が起きたのかと血相を変えた。

「また強烈な眠気に襲われて、何が起きたか分からないんです。気づいたら、絵が消えてて」

くわしい話をしても混乱させるだけだと思い、櫂はそう嘯いた。尼が絵から現れたなんて言ったら、正気を疑われそうだ。尼が消え、絵からは何も感じなくなっている。このまま放置しようが、取り壊そうが問題はないだろう。星野は残念そうにしながら、スマホで写真を撮りまくっている。

「お聞きしたいんですが、この絵を描いたのはおじい様なのですよね？　話を聞かせてほしいんです。ご病気らしいですが、何か聞けるかも」

櫂は一縷の望みをかけて尋ねた。絵から尼が出てきたことといい、絵描きが何か関与しているはずだ。もしそうでなくとも、尼を描いた星野の祖父は何か知っているかもしれない。

「まともに答えられるかどうか分かりませんよ？」

星野はそう言いつつ、祖父が入居している老人ホームの住所を教えてくれた。東京にある老人ホームだ。

「星野さんは、この尼の絵について何かご存じじゃないですか？　いつ頃、描かれた絵なんでしょうか？」

「うーん。多分二十年前くらいじゃないかな？　いやもっとか？　親父はすぐ東京に出ちゃって、祖父だけがこの家に残ってたから。俺より親父のほうがくわしいですよ。老人ホームに行けば会えると思います」

星野から父親の情報を得て、櫂は身を引き締めた。

「ご依頼の件ですが、これ以上怪異が起こることはないと思います。何もしていないので、お代はけっこうです」

尼が消えた以上、もうここには用はない。尼もここには戻らない気がした。何の解決もできなかったので料金をもらうのが申し訳ないと言うと、星野はそうですかともやもやした顔つきで言った。

「俺もいたかったなぁ」

星野は昨夜一緒にいられなかったのを後悔している。もしあの時その場にいたら、尼は出てくるし、羅刹の正体がばれていたしで、収拾がつかなくなったに違いない。いなくて本当によかったと今さらながら安堵（あんど）した。

「羅刹、帰るぞ」

とにもかくにも、家に戻ろう。軋んだ身体をストレッチして、櫂は羅刹と共に車に乗り込んだ。

長時間のドライブで埼玉の自宅に戻ると、思わぬ来客が姿を現した。

「櫂様。お邪魔しております」

夜の七時に玄関の戸を開けた櫂の目の前に、三つ指ついて出迎えてくれた着物姿の女性がいた。ほっそりした綺麗な女性で、名前を雪と言う。華道の先生をしていて、舞踊の師範代でもある。

「申し訳ない。留守にしている時に」

櫂はうっかりしていた自分に気づき、頭を下げた。雪は草太の母親だ。依頼内容は多くても二泊三日で終わるだろうと思い、今日来てもらうよう頼んでいたのだ。

「いえ。伊織様と楽しくお話させていただきました」

雪は顔を上げ、奥から顔を出した伊織に微笑んだ。伊織はエプロン姿でおかえりなさいと微笑む。

「そちらは……」

雪は櫂の後ろに仏頂面で立っている羅刹を見やり、眉を顰めた。さすがに鬼と身体の関係を持っただけあって、雪は鬼の見分けに鋭い。羅刹が人間に変化していても、目敏く物の怪と見極めている。

「こいつは羅刹だ。お察しの通り、鬼だよ。草太にいろいろ教えてやってる。ところで、草太は？」

櫂は首をかしげた。いつも出迎えをしてくれる草太が、見当たらない。てっきり「おみやげ！」と真っ先に駆けてくると思ったのに。

「私が参りましてから、姿を隠してしまったようですの」

雪が困ったように笑う。母親の登場で、草太は雲隠れしたらしい。やれやれとため息をこぼし、廊下を進んだ。

「オンハサラクッタ・マカハラニカナウカ・フンシッフン・ビキツビマノウセイ……」

小声で穢跡真言法を唱えると、廊下の奥から「ぎゃっ」と草太の声がした。天井に隠れていた草太が、首から下げていた木札に引っ張られて、廊下に転げてくる。

「くっそーっ、せっかく隠れてたのに！」

草太が木札を懸命に取ろうとしながら、暴れている。雪が嬉しそうに駆け寄り、草太に微笑みかける。草太は母親と会うのが照れ臭かったらしい。雪に抱きしめられ、赤くなってそっぽを向いている。

「ほら、みやげだぞ」

耀は旅行バッグから草太が好きなゲームのマスコット人形ご当地版を取り出した。ついでにポストに入っていた新作ゲームも手渡す。最近のネットショッピングは本当にすぐ届けてくれる。

「あ……ありがと」

母親の手前、素っ気ない口調で草太が受け取る。いつもなら飛び跳ねて喜ぶくせに。

「とりあえず、夕食にしよう。ぺこぺこだ」

耀は重い足取りで廊下を歩き、言った。居間からいい匂いがしている。

私室で作務衣に着替えると、耀は居間に顔を出した。居間のテーブルには、てんぷらや刺身の盛り合わせ、ちらし寿司が載っている。旅行中はろくな飯を食っていなかったので、やけに美味そうに見えた。

雪の隣に座った草太は、人が変わったように大人しくなり、座布団の上に正座している。伊織は人数分のお吸い物を運んでいる。

「どうだったんですか？」

耀がさつまいものてんぷらを頬張ると、伊織が雪を気にしつつ尋ねてきた。雪は鬼の子を宿した女性で、ある程度の話にも免疫がある。聞かせても大丈夫だろうと、今回の依頼内容と絵から尼が出てきたという話をする。

「本当に出てきたのですか？　絵から人が？」

雪は目を細め、恐ろしげに身震いした。鬼の子を身ごもった雪でも、恐ろしい話らしい。

「八百比丘尼……聞いたことはあります。櫂様がそのように大変な素性だったとは……」

雪は草太のために刺身を小皿にとりながら、ほうと吐息をこぼした。

「まだ、先祖だという確証は得られてませんがね。ともかくその比丘尼を捜さなければならない。くわしい話を聞きたいし、どうして絵から出てきたのかとか、物の怪に狙われないようにするにはどうしたらいいかとか、……俺の味方とか言っていたけど、どうにも気味の悪い尼で」

櫂はちらりと羅刹を見た。羅刹は海老の天ぷらを尻尾からばりばりと齧っている。帰りの車でも何か考え込んでいるように静かだった。勝手な行動をとらないか、心配だ。

「先生、気をつけて下さいね」

伊織が神妙な顔つきで言う。

「肝心の手がかりはなかった。まぁ。回り回って、何かが分かるのを期待するしかない」

櫂はちらし寿司に舌鼓を打ちながら苦笑した。

「それはともかく、雪さん。家庭訪問のことなんだが」

草太を愛しげに見つめる雪に、櫂は向き直った。わざわざ雪に家に来てもらったのは、草太の家庭訪問のためだ。教師と話すのが苦手な櫂としては、できれば雪にその役目を任せたい。事情があって櫂の家で草太を引き取っていると学校には伝えてあるが、教師としても母親と会っておきたいだろう。

「進路のことですよね。櫂様にお預けして、もう半年以上経ちました。草太はずいぶん大きくなったようです。予定では十月までですよね」

味噌汁を一気に飲み干す草太を見つめ、雪が物憂げな表情になる。草太はここ一カ月で急激に成長している。すでにクラスで一番背が高く、身体つきもしっかりしてきている。草太を預かり始めたのは、去年の十月だ。一年で帰す予定で、受け入れた。

「十月になる頃には、もっと大きくなっているから、転校させるといって、今の小学校を去る方がいいかと。中学校にいかせたとしても、三年通うのは無理じゃないかな。人に変化する術を身につけても、草太の幼さじゃ、すぐばれると思います。今だって怒ると、すぐ角が出るし」

櫂は母親と目を合わさないようにしている草太を見やり、客観的な意見を述べた。

「そうですか……」

雪の顔が曇る。

「草太の力は強くなりますから。ちょっと殴っただけで相手の骨が折れる。人間社会で暮らしていく術を学んだら、人とは関わりのない山奥にでも引っ込む方がいいかと」

あまり期待させる発言は控えようと、櫂はそうアドバイスした。草太の顔がふっと上がり、挑むような目つきで櫂に箸を向ける。

「俺、先生に勝てるまでここを出てかない」

突然、意味不明の宣言をされ、櫂は飲んでいた味噌汁を噴き出しそうになった。

「草太？　何を言っているのです。箸をひと様に向けてはいけませんよ」

雪もぽかんとした表情で草太の手を下ろさせる。

「ここに来てからずっと先生には敵わなかった。大きくなったら、俺だって先生を……」

言いかけた草太の頭がむんずと羅刹によって摑まれる。羅刹は鬼に変化していて、恐ろしい形相で草太の頭を摑んで持ち上げた。草太の茶碗が飛び、箸が床に落ちる。

「きゃ……っ」

雪が鬼に戻った羅刹に悲鳴を上げ、草太に手を伸ばす。

「いってーぇ‼　何すんだ、羅刹！」

羅刹に軽々と持ち上げられて、草太が必死に逃れようと足をばたつかせる。羅刹は草太の顔を覗き込み、挑発するように笑った。

「力を入れれば、すぐにでも砕けそうな頭だ。お前、今、吾のものに手を出すと言ったか？」

羅刹は草太の身体をひょいと投げて、壁に激突させた。雪が真っ青になって、草太に駆け寄る。草太は壁を破壊したものの、ぴんぴんしていて、目を吊り上げて起き上がった。

「クッソ、俺だって強くなってるんだぞ！」

草太は大声を上げながら、羅刹に突進していく。草太の額から角が飛び出し、口に牙が見えた。いつの間にか牙が生えている。学校でちゃんと隠しているのだろうか。

「おい！　やめろ！　家を壊すな！　修理代がかかる‼」

食卓で喧嘩を始めた二人に青ざめ、櫂は怒鳴った。伊織に助けを求めると、知らんぷりで落ちた皿や箸を片づけている。羅刹と草太の闘いに興味はないらしい。

「吾が甘く見ているのは、お前が子鬼の時だけだ。一人前の鬼になったら、容赦なくひねり殺すわ」

飛びかかってきた草太の襟首を捕まえ、羅刹は居間を出ていった。網戸が開く音がして、草太の悲鳴が庭から聞こえる。一応家を破壊しないよう、気を遣って外に行ってくれたのだろうか。

「櫂様……」

雪はおろおろして助けに行くべきか悩んでいる。

「羅刹は加減するから大丈夫ですよ。……草太が人間社会で暮らしていくのは無理かもしれない。いや、多分、無理でしょう」

ため息をこぼしつつ、櫂はそう言って席についた。テーブルをひっくり返されなくて、よかった。それにしても羅刹は、機嫌が悪かったのだろうか。草太のあんな言葉くらいで、喧嘩に発展するなんて。

「親子で暮らすのは無理でしょうか」

雪は悲しげにうつむく。雪が櫂に草太を預けたのは、草太に分別を学ばせるためだ。彼女は鬼の子を身ごもったものの、その大きな力を抑制できなくて困っていた。草太に抱きつかれただけであばらを折るようになり、このままでは母殺しをさせてしまうかもしれないと思い詰めた。雪は、陰陽師(おんみょうじ)である櫂に相談に来た。人の身である雪には難しいと考え、櫂は一人前になるまで草太を預かると約束したのだ。

「以前よりは力の加減はできていますよ。何しろ、小学校に通えてますし。でもずっと一緒は無理でしょうね。それに……、草太は人の肉を欲しがるかもしれない」

櫂はつとめて抑えた声で言った。雪の顔色が変わる。

「血の匂いに反応するようになってきました。できれば、人の味を知らないまま過ごしてほしいが……」

櫂は食後のお茶を飲んで、雪と向き直った。

「草太の幸せがどこにあるか俺には何とも言えません。二人で話し合ってみて下さい。客間の用意をさせますよ。別に何日いようとうちは構わないので」

櫂が伊織に目配せすると、分かりましたと呟いて廊下に消える。家庭訪問は、明日だ。雪には草太と心ゆくまで話し合ってほしい。

外からは草太の怒鳴り声がする。羅刹の声はぜんぜん聞こえないが、草太の相手をしてやっているのだろう。平穏に見えた日常が、少しずつ奪われていく感じがする。尼に会ってから、胸のざわめきが消えない。羅刹もそうなのだろうか。

縁側に向かい、そろそろやめろと声をかけると、櫂は返事を待たずに私室に引っ込んだ。

真夜中、ふっと気配を感じ、櫂は目を覚ました。

電気を消した部屋には布団に横たわった櫂しかいない。目覚めたのは、敷地内に張った結界を破ろうとした者がいたからだ。

パジャマ姿のまま縁側に出ると、鬼の状態の羅刹が結界を壊そうとして生け垣の辺りでもがいているのが見えた。

「羅刹、どこへ行く」

結界を壊そうとした際に破れたのか、着物がぼろぼろになっている。まだ月の明かりしかない暗闇だ。櫂は眠い眼を擦って、つっかけに足を通した。結界に絡みついている羅刹を庭側に引っ張ると、芝生にドスンと落ちた。羅刹は地面にあぐらをかいて眉根を寄せる。

「吾はあの比丘尼を倒したい」

羅刹はまだ尼への憤りが収まらないらしく、当てもないのに屋敷を出ようとしたらしい。我慢ができないのは羅刹の悪いところだ。

「だからもう……、明日……いやもう今日か、星野さんの親父さんに話を聞きに行くことになってるだろう？　闇雲に探したって体力を消耗するだけだ」

ふてくされた顔をする羅刹の前にしゃがみ込み、櫂は呆れ顔になった。羅刹は無言でそっぽを向いている。

「……お前、鬼になりたくなかったのか」

羅刹の憤る様を見ていたら、ふとそんな言葉が飛び出した。羅刹の表情が変わり、いきなり櫂の胸ぐらを摑む。体勢を崩され、パジャマ姿のまま尻もちをついてしまった。

「怒るなよ。でもそういうことだろ。比丘尼に怒ってるってことは。比丘尼に嵌められたと思ってるんだろ」

羅刹の手をやんわり摑んで、櫂は顔を近づけて囁いた。羅刹のこめかみがぴくりと動き、唇が歪んだ。

「比丘尼に会ってから、昔の記憶が時々飛び出てくる」

羅刹は櫂を摑んでいた手を離し、ぼそりとこぼした。

「比丘尼に再会するまで、吾は自分に疑問を抱いたことなどなかった。自分は鬼で、好きなように生きてきたと思っていた……」

櫂は立ち上がって、汚れた尻を叩いた。羅刹の腕を引き、屋敷へ連れ戻す。羅刹は大人しく、櫂に引かれるままに歩いた。羅刹は鬼になり、八百年という時間を生きてきた。人間だった頃の記憶は相当昔で、断片的にしか覚えていないのだろう。羅刹は草太のことを、鬼の世界でも人の世界でも暮らせぬと言っていた。自分もそうだったのか。人間である時の記憶があった時には、どちらでも暮らしていけなかったのか。

（憐れな鬼だな……）

それにしても尼はどうして羅刹を鬼に変えたのか。懲らしめるためだとしたら、やりすぎのような気がする。そもそも尼として神仏に帰依した身なのに、鬼を増やしてどうするのか。羅刹は鬼になった後も、多くの人を殺している。高僧に封印されるまで奪われた命の数は相当だろう。それもこれも尼が羅刹を鬼にしたせいだ。

（俺の味方と言うが、とてもそうは思えない。どんな悪鬼より恐ろしく感じるのは気のせいか？）

尼と会った際の感覚を思い出すと、身の毛がよだつ。祖母に似ているだけに、余計だ。

「……感情を持て余しているのか？」

羅刹を蔵に押し込めようとして、櫂は足を止めて聞いた。羅刹は黙っている。草太に突っかかったのも、尼と会ってから混乱する感情のはけ口を求めてかも知れないと思ったのだ。尼と初めて会った櫂でさえ、落ち着かない気分になったのだ。過去に遺恨のあった羅刹なら、もっとだろう。

「少しなら、つき合ってもいいぞ」

何故そんな気分になったのか――理由は分からないが、櫂はそう囁いて、羅刹の手を握り、蔵に入った。小さな明かり取りの窓から入る月の光しかない場所で、羅刹の首に手を回し、背伸びして唇を近づけた。

「……いいのか？」

誘うように口づけを交わす櫂に、驚いたように羅刹が聞く。

「屋敷内は駄目だがな……。ここなら、彼女に声は聞こえないだろう」

櫂が羅刹の唇を舐（な）めると、すぐに貪（むさぼ）るような口づけが返ってくる。羅刹は感情のはけ口を求めるように櫂の唇を吸い、身体を弄（いじ）った。唇も吐息も熱かった。背中に回った手で下着ごとパジャマのズボンを下ろされ、ちょっと待てと囁く。

「だからお前のその爪で尻を弄られたら……」

出血する、と言いかけた櫂は、羅刹の身体のサイズが変わり、人間に変化してびっくりした。羅刹は呼吸を繰り返し、櫂の尻を揉（も）みしだく。

「これで文句はないんだろう」

羅刹が耳朶（じだ）をしゃぶりながら、指で櫂の尻の穴を突く。最初は興奮してなかなか人間に変化できなかったくせに、今日はずいぶんと聞き訳がいい。

「ない……っていうか、……ん」

櫂の前にしゃがみ込んだ羅刹が、指を濡（ぬ）らして、内部を弄り始める。その上、櫂のまだ萎えている性器を食み、舌を這わせている。

「俺のはいいから……、何だよ、気持ち悪いな。俺に気を遣ってるのか？」

自分の欲望を優先せず、櫂を感じさせようとする行為に戸惑い、櫂は尋ねた。

「吾はしたいことをしているだけだ」

羅刹は櫂の問いかけの意味が分からなかったようで、尻の奥に入れた指を動かしながら、芯を持ち始めた性器を舐め回す。しだいに息が上がってきて、櫂は羅刹の髪を掴みながら、甘い息遣いになった。羅刹は櫂の感じる場所を会得したのか、的確に指先で内部を擦ってくる。性器を口淫され、奥を弄られると、急速に身体が熱くなってきた。

裏筋をしつこく舐められて、性器が勃ち上がる。

「羅刹……、口、離せ」

自分だけ感じているのが嫌で、櫂は羅刹の口から性器を引き抜こうとした。羅刹は唾液で濡らした性器を吐き出し、両方の指で、尻の穴を広げる。

「気持ちよくしてやってるのに、何故嫌がる」

尻の穴を解しながら言われ、櫂は口元を手で覆った。

「いいから、もう……。うー……。立ってるの、つら……」

内壁を広げるように掻き混ぜられ、櫂は足を震わせた。どんどん気持ちよくなってきて、立っているのが辛くなってきた。ここに布団があればと、腰をびくつかせる。

「なんか……、お前、上手くなって……、ぁ……っ、あ、あ……っ」

羅刹の指が数本入ってきて、ぐりぐりと性感帯を擦ってくる。強めに擦られ、指だけで腰が熱くなるほど気持ちよくなった。

「少し弄ると、お前のここはすぐ柔らかくなるな」

羅刹が立ち上がり、櫂の唇を舐め回して言う。先ほどまで自分の性器を舐めていた口で舐めるなと言いたかったが、無性に興奮して、背中に手を回してしまう。

「ひ、ぁ……っ、あ、あ……っ」

キスをしながら内部に入れた指を乱暴に動かされ、櫂は甘い声を上げた。キスってこんなに気持ちよかったっけ、と頭がぼうっとする。羅刹の舌と自分の舌が絡み合い、唾液で口元が濡れる。全身が熱くなり、衣服の下で乳首がピンと尖(とが)るのが分かった。

「壁に手をつけ」

唇を甘噛みされ、興奮した息遣いで羅刹に言われた。櫂は足首に溜まっていたパジャマのズボンを引き抜き、蔵の扉に手をついて立った。羅刹が着物をはだけ、いきり立った性器を櫂の尻のはざまに押しつけてくる。

「立ちバックか……。俺、これ、好きじゃな、い……っ、あ……っ」

言いかけている途中で、羅刹が性器を押し込んでくる。唾液だけではぬめりが少なかったのか、羅刹の性器が奥まで入ってくるとわずかに痛みを伴った。

「少し動くな……、馴染むまで、待って」

どうせ聞いてくれないだろうと思いつつ、櫂は息を切らしつつ訴えた。羅刹の身体が密着してきて、パジャマの裾から手を差し込まれる。

「ん……っ、ふぅ、はぁ……」

羅刹の手で乳首を摘まれ、ひくりと背中が揺れる。羅刹は中に入れた性器を動かさず、櫂の乳首を指先でくりくりと弄る。

（え、マジで……馴染むまで待ってる。ていうか、やばい。俺、ものすごい気持ちよくなってる）

羅刹のいきり立った性器は、内部に留まり、じわじわと熱を広げている。両方の乳首を指先で弾かれ、引っ張られ、押し潰され、櫂はびくっ、びくっと腰を震わせた。繋がった奥が熱く、電流のような刺激を全身に与えている。羅刹の息がうなじにかかり、腹の辺りを撫で回される。

「はぁ……っ、はぁ……っ、……ぅ、……っ」

羅刹を銜え込んでいる奥が収縮している。何度も性行為をしたせいか、身体が羅刹の形を覚えている。痛みが消え、ただ気持ちよくなってきて、櫂は甘ったるい声を上げた。

「う、うご、いて……」

消え入りそうな声で言うと、羅刹は優しく腰を揺さぶり始めた。櫂の快楽を引き出すように、ゆっくりと奥へ奥へと性器を押し込むように揺さぶっている。

「あ、あ……っ、うー……っ、すごい、いい……っ」

壁に手をつきながら、櫂は腰を震わせながら呻いた。羅刹の乱れた息遣いが肩にかかる。腰を抱えられ、ピストン運動が少しずつ速くなる。

「待って、羅刹、待って……、あ……っ、や……っ、足がくがくしてる」

奥を突き上げられているうちに、立っているのがしんどくなり、櫂は引っくり返った声を上げた。すると羅刹の動きが止まり、ずるりと大きなモノが引き抜かれる。

「ひぃ……、はぁ……、はぁ……」

櫂がよろよろと床に膝をつくと、羅刹がその場にあぐらをかく。

「こっちへ来い」

強い力で引っ張られ、羅刹の腰に跨らせられた。向かい合う座位の形で唇を吸われ、尻の穴を広げられる。

「んん……っ、は……っ、あ、やだ……っ、あああっ」

強引に尻の奥に性器を入れられ、腰を支えられる。一気に奥まで性器が内部に入ってきて、仰け反って甲高い声を上げる。羅刹の手が櫂の腰を掴んで逃さないというように、捩じり込まれる。先ほどまでより、ずいぶん奥まで入ってきて、怖くなった。身体の奥がめいっぱい開かれる。腹の辺りまで羅刹の性器があって、身動きがとれない。

「お前も動け」

羅刹は櫂の乳首を摘まみながら、腰を揺さぶる。羅刹は回すように腰を動かしつつ、櫂の唇を唾液で濡らす。

「んっ、んっ、はぁ……っ、あぁ……っ、もう駄目、イく、イく……っ」

櫂は上気した頰と乱れた息遣いで、首を振った。羅刹の指先で乳首をぎゅーっと引っ張られ、その快感が引き金となって、性器の先端から白濁した液体を吐き出してしまう。くらりとくるほど気持ちよくて、背筋を伸ばして嬌声を上げた。

「あああ……っ‼」

絶頂に達して、激しく呼吸を繰り返す。全身が熱くなって、鼓動が跳ね上がった。

「ひ……っ、は……っ、あぁ……っ、イってるから、動かさない、で」

肩を揺らして呼吸を繰り返しながら、櫂は涙目で訴えた。性器の先端からはまだ精液がとろとろとこぼれてる。目が合うと羅刹は、止めるどころかより乱暴に腰を突き上げ始めた。絶頂直後の、内部の感じる場所を執拗に擦られ、絶え間ない快楽に襲われる。

「やぁ、あああ……っ、あひ……っ」

仰け反って嬌声を上げると、思わず後ろへ倒れ込んでしまった。すると羅刹が繋がったまま起き上がり、床に倒れた櫂の両脚を抱え上げる。

「吾も、もう吐精する……っ、我慢できない」

櫂の内部をめちゃくちゃに突き上げ、羅刹が上擦った声で叫ぶ。両脚を摑まれ、腰を高く掲

げられたせいか、内部を突き上げる羅刹の性器がひどくいい場所に当たっていた。

「やぁ……っ、あああ……っ、ひあぁ……っ!!」

逃げようとしてもしっかり押さえ込まれていて、快楽の逃げ場がなかった。羅刹は獣じみた息遣いで櫂の奥を蹂躙した。さっき達したばかりなのに、また抗いきれない熱い感覚に襲われる。

「うう、く……っ、はぁ……っ」

羅刹の動きが怖いくらいになった時、内部で性器が膨れ上がり、大量の精液を注ぎ込まれた。羅刹は最後の一滴まで絞り出すように、櫂の内部を律動する。

「ひ……っ、は……っ、は……っ」

声を上げることもできず、ただ酸素を取り込むだけで精一杯だった。羅刹はすべて出し終えると、荒い息遣いのまま屈みこんできて、櫂の唇を吸った。

濃密な気が漂う中、櫂は心地よさに溺れていた。羅刹は一度性器を引き抜くと、二度目を求めるように櫂の身体を抱き寄せた。その胸を手で押しのけ、櫂は上気した頬を擦った。

「こ……、ここまでだ。今日はもうおしまい……」

床に放られた下着をのろのろと身につけながら、櫂は呼吸を整えるようにして言った。やばい。回数を重ねるごとに、羅刹とのセックスがすごくよくなっている。これ以上やると、確実に溺れる。本当はまだ奥が疼いていて、羅刹を欲しがっている。けれど櫂は、その欲望に蓋をした。

不満げに羅刹が櫂の腰を引っ張ろうとする。じろりと睨みつけて、手を叩いた。

「術で言い聞かせたくない。諦めろ」

櫂が小さい声でそう言うと、羅刹は少し考え込んだのちに、手を引っ込めた。もっとごねるかと思ったので、素直に引き下がったのは意外だった。

「羅刹……。いや、炎咒、と呼ぶべきか？」

パジャマのズボンを穿きながら櫂は、羅刹の顔を覗き込んだ。下着に羅刹の出した精液が垂れてきて、気持ち悪い。

「その名で吾を呼ぶな」

羅刹は嫌そうに眉根を寄せる。最初に名前を名乗りたがらなかったのは、尼につけられたせいだろうか。

「じゃあ、羅刹のままでいいな。羅刹——お前は、もう八百年も人を殺していない」

櫂は床にあぐらをかいている羅刹の前に膝をついて、言った。怪訝そうに羅刹に見られ、言い含めるように羅刹の肩に手を置いた。

「人を喰う鬼が、もう八百年も人を殺めていないんだ。もちろんそれは封印されていたせいだし、俺がするなと命じているのもある。だけど理由はどうでもいい。お前は人を殺していない、その事実が何より大事なんだ」

擢が力を込めて言うと、羅刹が不可解そうに黙り込む。羅刹にとっては何を意味するか分からないだろう。だが擢にとっては大事なことだ。羅刹を、鬼ではなく、神仏に帰依する鬼神にするために。

「お前は人を殺さず、人を助ける存在になれ。そうすれば格段に力が上がり、新しい世界が開けるんだ」

擢の言葉は、羅刹を困惑させただけだった。馬鹿馬鹿しそうに鼻を鳴らし、ごろりと床に寝転がる。

「吾は人を助ける気はない。お前のことは助けるが……それもこれも、お前の寿命までだ」

羅刹は顔を背け、吐き捨てるような口調で言った。わずかに、ちりりと胸が痛み、我ながら驚いた。羅刹の中に別の感情を求めていたのだろうか。術で従えているだけの鬼に、何を求めているのだろう。

「……おやすみ、羅刹」

擢は立ち上がり、蔵を出ていった。まだ身体の奥は熱いのに、何故か心に空虚なものを感じていた。肉体と心が乖離(かいり)しているようだ。自分でも訳が分からず、足早に部屋に戻った。

朝が来て、鳥の鳴き声と共に目覚めると、櫂は浴室に急いだ。汚れたパジャマを洗濯機に放り込んで、シャワーで昨夜の汚れを洗い落とす。昨夜は疲れて身体も洗わずに眠ってしまったのだ。

（やばいな。羅刹とヤる間隔が短くなってる。羅刹に抱かれるのは気持ちいいし……、羅刹が人間臭い表情を見せるから、ついほだされるんだよなぁ）

頭から湯を被り、櫂はぶるぶると首を振った。最初は命令を聞かせる時にだけ、ご褒美代わりにセックスするつもりだったのに、いつの間にか自分も羅刹の熱を求めるようになっている。相手は鬼で、そこに愛はないというのに。

（あいつが人間だった時ってどんなだったんだろう）

そんな埒もないことを考えながら、浴室を出た。

身支度を整え、朝のお勤めである神棚への祝詞や、不動明王坐像への読経を行う。毎日することによって力は強まり、神仏との交信が容易になる。鬼と交わるたびに穢れを受けるが、朝のお勤めを果たすことでその穢れは消える。本来なら穢れを祓うのにもっと時間がかかるのだが、羅刹との情事は不思議なくらい、すっと消える。

（まずいな。俺は羅刹に惹かれ始めている）

櫂は少なからず動揺した。穢れがすぐに消えるのは、羅刹との性行為が肉欲だけのものではないからだ。信じたくないが、羅刹に対する愛しさが芽生えている。情が湧いてきた、とでも言えばいいのか、抱かれる腕を心地いいと感じている。

羅刹は術で縛っているだけなので、向こうに真の愛情があるはずがない。実際、今、術を解いたら、羅刹はすぐに櫂を殺して喰うだろう。何という不毛な関係を作ってしまったのだろうと、櫂はひどく後悔した。羅刹が元は人間だったせいもあるかもしれない。真の鬼だったら、こうも感情が豊かではなかっただろう。

悶々と悩みつつ、櫂は居間に顔を出した。すでに食卓には朝食が並んでいる。

「おはようございます、櫂様。昨夜は草太とゆっくり話すことができました」

雪は伊織を手伝って、朝食の味噌汁を運んでいる。草太は洗った上履きがないと、廊下を駆け回っている。テーブルの上には焼き魚と豆腐、和え物、サラダが載っている。羅刹は焼き魚を頭から齧っている。

「草太は予定通り、十月まで、こちらにお願いしたいと思います。よろしいですか？　できれば小学校は卒業させてあげたいのですが……三月までは無理ですか？」

雪に問われ、見つけた上履きをランドセルに入れようとしている草太を見やった。本来なら小学校に行っているうちは、草太をうちで預かるほうがいいかもしれない。だが、櫂には櫂の事情がある。

櫂の身体についた呪いは、進行している。このまま呪いが解けなければ、十一月頃には、呪いに蝕まれ、死を迎える。そもそもこの呪いがどんな作用を及ぼし、死に至らしめるのか、それさえ分かっていない。突然心臓が止まるのか、あるいは異形のものにでも変化するのか、先視ができる櫂にさえ、何も視えていない。そんな状態で草太を預かるのは無理だった。

「すみません。それは無理です。とりあえず、十月まではこいつをしつけておきますよ」

草太の手から上履きを奪いとり、櫂は手提げ袋に入れ替えた。ランドセルに入れるのは教科書とノートだと何度言えば分かるのだろう。

「じゃあ雪さん、教師のほうはよろしくお願いします」

朝食を終えると、草太が学校へ向かい、櫂はジャケットを羽織り、羅刹を車に乗せた。今日は星野の祖父と父親を訪ねる予定だ。雪は微笑みを浮かべ、いってらっしゃいと手を振る。一瞬結婚するとこんな感じかなと想像し、苦笑した。鬼の子どもを身ごもった女性と、男しか愛せない陰陽師。ひどい組み合わせだ。

星野から教えてもらった住所をナビに打ち込み、櫂は車を発進させた。星野の祖父が入居している老人ホームは、東京都江戸川区にある。雲一つないいい天気で、夏まっさかりという暑さだ。車のエアコンを効かせ、ＦＭラジオを流した。助手席に座っている羅刹をちらりと見ると、昨夜抱かれたたくましい腕が目についた。つい気持ちよかった行為を反芻してしまい、急いで記憶をかき消した。まずい、本当に色ボケしている。

道が空いていたので、老人ホームへは三時間弱で辿り着けた。

老人ホームと聞いていたが、外観はふつうの五階建てのマンションだ。受付に行くとスタッフの女性がいて、星野の名前を出すと、あらかじめ孫から連絡してもらったおかげで、居室に案内してくれる。

「星野さん、お客様ですよ」

スタッフの女性がドアをノックして、スライド式のドアを開ける。部屋にはベッドに横たわる老人と、星野によく似た顔の五十代くらいの中年男性がいた。

「氷室です。お時間とっていただき、ありがとうございます」

「ああ、どうも。息子から話は聞いています」

星野は櫂の顔を見るなり、愛想よく挨拶（あいさつ）した。羅刹は壁際に立ち、腕を組みながらこちらを見ている。羅刹がじりじりしているのが分かり、櫂は挨拶もそこそこに切り出した。

「ご実家にある九相図についてお聞きしたいのですが、いつ頃描かれたのかとか、あの絵に描かれた尼さんについてとか……、何かご存じではないですか?」

櫂が身を乗り出して聞くと、星野は椅子を勧めながら、ベッドの老人を見下ろした。老人は櫂の質問にも、ぼーっとした表情をするだけで、何の反応もない。

「親父はこんなで、連絡もらってから質問してみたんですけど、何も答えてくれないんですよね。でも描いていた時期は覚えています。その頃、用があってあの家に少しいたから」

星野が目を細めて言い、櫂は一言も聞き漏らすまいと耳を傾けた。

「確か二十年前です。帰省すると、とても美しい尼さんが家にいてね。まさか親父の再婚相手か、あるいは仏門にでも入る気かと、焦ったのを覚えています。寝室を一つリフォームするとかで、その壁に絵を描くと親父は言っていました。その尼さんはモデルなんだって。で、その後、絵が完成した頃に帰省したら、あの部屋には入っちゃいけないって怖い顔で言われて。何でか聞いたら、尼との約束だって。ね、変でしょ」

尼は自ら望んで九相図を描いてもらったのか。何のために？

「息子がスマホで壁絵を送ってきてくれるまで、どんな絵を描いたか知らなかったくらいですよ。まさかあんな不気味な絵を描いていたなんて。鍵をつけちゃって、誰も入れなかったから知りませんでした」

星野はベッドの老人に顔を近づけた。

「親父、絵について聞きたいって」

星野の問いかけに、老人はぴくりとも動かない。耳が聞こえないかと疑うレベルだ。背後にいた羅刹が大きくため息をこぼした。

「聞いても無駄ではないか。そいつの魂魄は身体から抜け出ている」

魂魄というのは魂のことで、以前も認知症の人に会ったが、やはり魂が身体から抜け出ていて廃人のようだった。櫂は渋面になり、無駄足だったかと肩を落とした。

「尼は、どうしてあなたに絵を描かせたんですか？」

何か聞けないかと櫂が老人の耳元で大声を出すと、ゆっくりと視線が動いた。ふっと老人の身体に魂が戻ったのが分かった。老人は初めてそこに櫂がいると気づいたように、首を揺らし始めた。

「あああ、あの絵を、み、見たのか……？　お前は……比丘尼？」

しわがれた声が老人の口から飛び出し、櫂以上に星野が驚いた。

「親父、思い出したのか？」

星野が老人の肩に手を置き、起き上がろうとするのを補助する。老人は急に意識が戻った様子で、星野のスマホに映し出された映像を見て、驚愕する。

「あの部屋に入ったのか？　比丘尼が目覚めてしまう、比丘尼が……」

老人はそう言うなり、突然奇声を上げて暴れ始めた。櫂はびっくりして羅刹のいる壁まで下がり、必死で落ち着かせようとする星野に「誰か、呼びますか」と声をかけた。櫂が呼ぶまでもなく、巡回中だったスタッフの中年女性がやってきて、暴れる老人を押さえつけた。

数分ののち、再び老人の身体から魂魄が消えるのが感じられた。それと同時に嘘のように静かになり、また元のぼーっとした様子になる。

「お騒がせしてしまい、すみません。久しぶりに親父がまともな受け答えができたと思ったんだけど……」

星野は疲れたように、首を振る。これ以上長居する気になれなくて、櫂は挨拶も早々に居室を出ていった。

「――尼が絵から出てきたのは、人目にさらされたせいかもしれないな」

老人ホームの駐車場で一息つき、櫂は缶コーヒーを飲み干して、呟いた。羅刹には炭酸飲料を買ってやったのだが、まずいと言って全部下水に流してしまった。

「どういうからくりだ」

「この二十年、部屋には誰も入っていない。その間は怪異は起きていないんだ。だから第三者の目にさらされることが、尼が絵から出てくる条件なのかもしれない、と思う……。実際、孫が家の片づけのために帰省して部屋を開けた時から異変が起こっているし」

条件は推測できても、八百比丘尼の正体について何の手がかりも得られなかった。それほど期待していたわけではないが、櫂も羅刹も暗い顔つきになった。これからどうしようか。尼の手がかりを得るために、どう行動すればいいだろう。不安だが、いっそ羅刹を自由にさせて、尼を追わせるべきか。けれど――自分のいないところで人を襲ったら。

悶々と悩みながら車に乗り込もうとした櫂は、持っていた携帯電話が鳴り出して、着信名を確認した。雪だろうかと思ったが、坂上（さかがみ）病院となっている。坂上病院は伊織が入院している病院だ。

土井（どい）伊織は櫂の中学時代の友人だ。生まれつき人ならざるものに目をつけられやすい櫂は、周囲に害が及ぶのを避けようと、親しい友人を作らないようにしていた。その櫂にぐいぐい迫ってきて親しくなったのが伊織だ。伊織は明るく活発でクラスの人気者だった。高校生の頃には同性愛者だという自覚があった櫂は、伊織が異性愛者だと分かっていたので、徐々に離れるようにしていた。完全に交流は断たれたと思ったが、櫂が二十歳になった冬の日、伊織は突然屋敷に現れた。魔物に憑依されて。そして、櫂に呪詛を残したのだ。

その日以来、伊織は意識を取り戻すことはなく、原因不明の病で眠っている。三年前にシングルマザーだった伊織の母親が死に、伊織の親戚と名乗る人たちが延命措置を止めると言ってきた。櫂は伊織を救うため、身内の代わりに医療費を捻出している。

その伊織が危険な状態になったのかと、櫂は青ざめながら電話に出た。

『氷室さんですか？　坂上病院の山田です。土井伊織さんの意識が戻りましたので、すぐ来て下さい』

いつも世話になっている山田という看護師からの電話だった。その内容が一瞬呑み込めず、ぽかんとして固まってしまう。

『氷室さん？　聞こえてます？　もしもし？』

櫂の返答がないので、山田がいぶかしげに繰り返す。――伊織の意識が戻った、と今聞こえた。

「意識が戻ったって、本当ですか⁉」

櫂は信じられなくて、大声を上げた。山田に本当だと言われ、急速に身体が熱くなってくる。六年もの間、待っていた知らせが今日やってくるなんて。喜びで、手が震えた。少し前に見舞った時も、伊織には変化がなかった。それが今日——。

「行きます、これから向かいます！」

　櫂は電話を切り、手で顔を覆った。安堵と、まだ信じられない気持ちがないまぜになっている。伊織の親戚に延命措置を止めたいと言われた時、阻止してよかった。ひょっとしたら自分が生きているうちに目覚める日は来ないんじゃないかと絶望した日もあるが、伊織は戻ってきた。

「これから病院へ行く。伊織の意識が戻ったんだ」

　櫂は興奮しながら車のドアを開けた。羅刹の眉根がわずかに寄ったのに気づき、慌てて顔を引き締める。

「羅刹。伊織を傷つけるなよ？　頼むから、病院では大人しくしていてくれ」

　以前、羅刹は意識のない伊織を殺そうとしたことがある。その時は櫂が嫌いになると言ったらやめてくれたが、意識が戻ったらまた命を狙うかもしれない。

「……」

　羅刹は無言で車に乗り込んだ。羅刹が何をするか心配だったが、一刻も早く病院に行って伊織が目覚めたか確かめたかった。櫂は逸る(はや)気持ちを抑え、ハンドルを握った。

■五章　邂逅

坂上病院は埼玉県と東京都の境に建つ、緑豊かな病院だ。周囲を林で囲まれ、近くには大きな公園もあるし、駐車場が広いと来客者にも評判がいい。一階の受付で面会用の名札をもらうと、櫂はB病棟の七階の一室に駆け込んだ。

「氷室さん」

顔見知りの看護師が、櫂の姿を見て微笑む。ベッドには、痩せ細った青年が看護師に支えられ、上半身を起こしていた。腕には点滴の管がつけられていたが、呼吸器は外れている。六年もの間、閉じていた瞼が開き、久しぶりに友人の目を見る。

「伊織……!!」

櫂は泣きそうになりながら、ベッドに駆け寄った。回復すると信じてよかった。伊織については何回も先読みの術を使い、未来を知ろうとしたが、未来は漠として読めなかったのだ。こうして回復している姿には、感動を覚える。

「きっと戻って来るって信じていたよ、よかったな、本当によかった」

耀は胸を熱くして、伊織に触れようとした。

「……っ」

すると何故か伊織は、耀の手を避けるように身を引き、身体を固くした。顔の筋肉が上手く動かないのか、唇を震わせてゆっくり瞬きする。耀はてっきり伊織も自分と同じように喜んでくれると思った。だがその表情の中には、耀に会えた喜びは微塵もない。もしかしたら耀を襲ったことを悔やんでいるのだろうか。そう考えた耀に、看護師が下がるように手で制す。

「氷室さん。実は土井さんは記憶が混濁しているようで」

申し訳なさそうに看護師に言われ、耀はハッとした。

「自分の名前も、どうしてここにいるのかもよく分からないようなんです」

耀は改めて伊織を見つめた。伊織は少し動くのもだるそうにしている。骨と皮だけになった身体は痛々しく、目元は窪んでいた。

「そう……なんですか」

耀はそれまでの興奮が一気に冷めて、悄然としてうなだれた。

伊織が目覚めたのはもちろん嬉しいが、伊織が目覚めたことによって、六年前、自分を襲った事件の真相が判明するかもしれないという期待があった。あの時、何故伊織は魔物に憑依されていたのか。それが分かれば魔物の正体も、どこにいるかのヒントも得られるかもしれないと思ったのだ。

「まだ目覚めたばかりですから、きっとすぐに記憶も戻りますよ。若いから、身体もね。土井さん、これからリハビリがんばりましょうね。この方は氷室さんですよ。あなたが回復するのをずっと待っていたお友達です」

看護師は伊織の背中を撫でながら、耳元でしゃべる。伊織の視線が櫂に吸い寄せられ、「ひ……む、ろ」とたどたどしい口調で呟く。

「櫂だよ。櫂って呼んでくれ」

櫂は無理に笑顔を作って、伊織の横に立った。痩せ細って別人みたいな伊織を見ると、後悔が湧き起こる。伊織がこうなってしまったのは、すべて自分と友人になったせいではないかと思ったのだ。最初から近づかなければ、伊織の人生はまったく別のものになっていたはずだ。自分と関わったばかりに——。

「か、い……」

懐かしい声がして、櫂は目を潤ませ、そっとその手を握った。焦ってはいけない。伊織は目覚めたばかりだ。これから少しずつ、止まった時間が進みだす。——伊織の視線が、ふっとドアに向けられる。つられて振り返った櫂は、そこに羅刹がいるのに気づいた。羅刹はドアにもたれながら、伊織を睨みつけている。

「また見舞いに来るよ。明日にでも」

不穏な空気を感じて、櫂は口早にそう告げて、伊織から離れた。羅刹の前で伊織と親しくするのは危険だ。

「よろしくお願いします」

看護師に深々とお辞儀し、櫂は羅刹の背中を押して部屋から出た。羅刹のことだから、看護師の前でも襲いに行くかと思ったが、意外にも何か考え込んでいる様子で大人しく従ってくれた。

「……あれが、伊織なのか？」

病院の廊下を歩きながら、羅刹が低い声で尋ねる。

「そうだよ。式神とはだいぶ違うだろ」

羅刹をここから遠ざけたくて、櫂は腕を引っ張った。羅刹は嫌悪するように後ろを振り返っている。これから伊織は元気になっていくだろう。焦ってはいけない。明日からきっと、未来が拓（ひら）けるはずだと信じ、櫂は病院を後にした。

自宅に戻った頃には夕刻になっていた。玄関を開けた櫂は、おやと首をかしげた。いつもなら式神の伊織が「おかえりなさい」と出迎えに来てくれるのだ。まさかまた壊れたのかと廊下を進むと、台所に突っ立っている伊織を見つけた。

「伊織？」

櫂が声をかけると、伊織が振り向き、まるで命令を待つように感情のない目でこちらを見る。夕食の支度はしてあったが、明らかにいつもと様子が違う。感情が――ない。

「夕食にしてくれるか？」

違和感を覚えつつ、櫂は声をかけた。ちょうど羅刹が背後に来て、眉を顰めて伊織を覗き込む。

「はい、分かりました」

伊織は抑揚のない声で答え、機械のような動きで夕食を運び始めた。羅刹を見ても、顔色一つ変えない。しょっちゅう見せる嫉妬めいた表情も、憎悪も、まるっきりない。

「あいつが目覚めたら、こっちの伊織から魂魄が消えたな」

何げない口調で羅刹が言い、櫂はぞくりとして、その場に硬直した。

病院で意識がなかった伊織と会った際、羅刹は「魂魄が消えている」と言った。まさか――その魂魄が、ここにあったというのか？　だとしたら、これまで自分はずっと伊織の魂を式神に閉じ込めていた？

「ど、どういう……？」

思いもしなかった状況に混乱して、櫂は自分の腕を抱いた。伊織が目覚めなかったのは、式神のせいだったのだろうか？　そんなはずはない。魂魄を閉じ込めたつもりも、ましてや入れたつもりもない。式神を作る手順はいつもと変わりなかったはずだ。伊織の髪の毛を使ったのが問題だったのだろうか？

理由は見当もつかないが、一つだけ気づいたことがある。これまで何度作り直しても伊織が壊れてしまう原因――式神であるはずの伊織に嫉妬や殺意という感情が芽生えてしまう理由――それが伊織の魂魄が式神に宿ってしまったせいだとしたら。

（分からない、そんなことがあるのか？）

櫂は混乱したまま、居間に足を踏み入れた。

「櫂様、お帰りなさいませ」

和服姿の雪が伊織の後ろから出てきて、にっこり微笑んだ。家庭訪問の件をすっかり忘れていた。

「櫂様、顔色が悪いですよ？」

雪は小首を傾けて、ハンガーを手渡してくる。そういえばまだスーツ姿だった。

「あの、雪さん。伊織……、変じゃなかったですか？」

着ていたジャケットを脱いでハンガーに通し、櫂は食事を運んでいる伊織を顎でしゃくった。

「ええ、そうなんです。昼頃、急にロボットみたいになってしまわれて。今朝がたまで仲良くお話しさせていただいたのに。でも式神ですものね。こういうものなのですか？」

不思議そうに伊織の背中を見送りながら、雪が言う。昼頃というと、やはり病院の伊織が目覚めた頃だ。魂魄が移動したとして、疑問が残る。それまで何ともなかったのに、どうして今日になって突然、伊織の魂魄が元の身体に戻ったのだろう。

尽きぬ疑惑は残ったが、櫂はひとまず部屋に戻って作務衣姿になった。

「……家庭訪問、どうでした？」

居間に戻ると、櫂は気を取り直して雪に尋ねた。居間のテーブルにはすでに夕食の支度がしてある。今日は餃子を食べたいと言っていた草太のために、焼き餃子が並んでいる。大食漢が二人いるので、大きな皿に餃子が山盛りになっている。

「無事終わりました。草太は学校で人気者らしいですよ。そんな誉め言葉をもらえるなんて思わなかったので、つい涙ぐんでしまいました。あら帰ってきたみたい」

雪は櫂と羅刹の前に湯気の立った白米を置き、はにかんで笑った。玄関の引き戸が開き、草太の「ただいまぁ」という声がする。裏山に遊びに行っていたらしい。

「草太は今の小学校に馴染んでいるようですし、十月に櫂様から引き取ったら、この近くのアパートでも借りて、同じ小学校に通わせようと思います。卒業までほんの数カ月ですし」

雪は教師と話して、草太のために何ができるか考えたようだ。草太は半妖だが、人との思い出を作ることで、人間側に近づくのではないかと期待している。

「腹減ったぁ！　飯、飯！」

草太が居間に駆け込んで、汚れた靴下を脱いで部屋の隅に放る。雪がそれを拾い上げ、嬉しそうに「洗濯機に運ばなきゃ駄目よ」と微笑みかけた。昨日はぎこちなかった二人だが、今日はすっかり親子の感覚を取り戻している。

「なあなあ、卒業までここじゃ駄目なのか？　部屋なんかいっぱいあるんだし、かーちゃんもここで暮らせばいいじゃん」

いただきますと手を合わせ、草太が羽根つき餃子を口に運びながら言う。羅刹は餃子が初めてらしく、雪に食べ方を教わっている。

「そういうわけにはいかない。お前はガキだから分からんだろうが、こんなお化け屋敷に雪さんを住まわせるわけにはいかないだろう。第一その頃、お前は成長しすぎて、小学校に通えない可能性だってあるんだぞ」

満月はまだ先だが、物の怪に狙われている櫂の傍にいると雪まで巻き添えを食う可能性がある。この屋敷に受け入れるのは簡単に死なない者だけだ。

「なぁ、何で十月までなの？」

あどけない顔で草太に聞かれ、櫂は言葉に詰まって、味噌汁を口に運んだ。油揚げと大根の味噌汁は櫂の好物だ。

「そこから先は、すごく仕事が忙しくなるんだよ」

そっけない口調で言い、櫂はほうれん草の胡麻和えをぱくついた。

「けっこう美味いではないか」

羅刹は餃子がお気に召したようで、器用に箸を使って口に運んでいる。最初の頃は手掴みで何でも食べようとしていたのに、ここ最近、すごく箸の使い方が上手くなった。

(人間だった頃の記憶が戻ったせいか……？)

草太と競うように餃子を食べる羅刹を見やり、腹の辺りがざわついた。羅刹を見ていたら、意識はつい病院にいる伊織に向けられた。伊織を守らなければならないとしたら、これから見舞いに行く時に羅刹を伴うのは危険ではないだろうか。羅刹はかろうじて今のところ、伊織を傷つけていない。だがこの先、どうなるか責任を持てない。

「櫂様。私、明日帰りますね。長居して申し訳ありません。草太と離れがたくて」

雪は愛しげに草太を見つめ、ほうっと息をこぼした。草太は少し照れた様子で、ご飯を頬張っている。母親と二人で暮らしていた頃は、悪童そのものだった草太だが、木札で力を封じ込められてから、人間らしさを見せている。雪はそれを幸せに感じているようだ。

「そうですか。じゃ、駅まで送りますよ」

明日は伊織の見舞いに行くし、ちょうどいい。

「櫂様は、今日はどうだったのですか？　何か分かりましたか？」

雪に聞かれ、櫂は暗い表情になった。伊織の件で頭から抜け落ちていたが、九相図に関してはほとんど分からなかった。尼の行方を捜そうにも、手がかりすらない。

「大変ですのねぇ……」

雪は同情気味な眼差しで、呟いた。

食事を終え、酒を飲んでいる羅刹を残して、櫂は自分の部屋に引っ込んだ。畳に寝転がり、羅刹と伊織について考える。どう考えても羅刹を病院に連れて行くのは危険だ。目を離した隙に何をするか分からないし、うっかり伊織を喰われたら立ち直れない。

悶々と考えているうちに、障子ががらりと開き、羅刹が入ってきた。あの後ずっと飲んでいたのか、ほんのり肌が上気している。

「明日はどこを捜す気だ？　比丘尼の手がかりはあるのか？」

羅刹は当然ながら尼のことしか頭になくて、口早に聞いてくる。櫂は無言で起き上がった。伊織が目覚めた以上、尼捜しは後回しだ。櫂にとって今一番重要なのは、伊織なのだ。伊織に早く記憶を取り戻してもらい、櫂を襲った魔物の情報を得たい。これから毎日でも見舞いに行って、リハビリを手伝うつもりだ。

だが、そう言ったら、羅刹は不機嫌になるだろう。ふざけるなと怒るに決まっている。

櫂は思い悩んだ末に、そう告げた。病院に連れて行けない以上、ここに置いていくしかない。

「羅刹、お前は明日から留守番だ」

自由にさせて尼の手がかりを捜させるのも一つの手だが、まだそこまで羅刹を信用していない。そもそも、一度は伊織を殺すのをやめてくれた羅刹だが、あの時「殺すのはしばしやめよう」と言っていた。あくまでしばらくだ。しかもあの時とは状況が違う。

羅刹を術で縛っているといっても、櫂のいない場所ではその抑制が利かない可能性がある。房中術で言うことを聞かせている状態なのだ。櫂と離れたら、理性を失い鬼の欲望に従うかもしれない。

——やはり、羅刹はここに繋ぎ止めておくしかない。

「はぁ？　何を馬鹿な」

案の定、羅刹は冗談だろうというように鼻で笑った。けれど櫂が真顔で見つめ返すと、こめかみを引き攣らせ、みるみるうちに鬼の姿に戻る。

「まさか、あの伊織とやらにかかりきりになるつもりじゃないだろうな?」

恐ろしい形相で問われ、櫂は黙って文机の引き出しを開けた。

「お前が伊織を傷つけないと約束してくれるなら、一緒に連れて行くが……」

櫂が窺うように聞くと、羅刹は眉を顰めた。

「そんな約束はできぬなぁ」

羅刹がここで約束すると言ってくれれば、言霊の術を使い、縛ることもできた。だがやはり、羅刹は頷かない。仕方ない、と櫂は引き出しから取り出した霊符を素早く羅刹の右足に貼りつけた。

「むっ?」

自分の足につけられた霊符を見下ろし、羅刹が眉根を寄せる。

「ノウマクサンマンダ・バサラダンセンダン・マカロシャダヤソハタヤ・ウンタラタ・カンマン」

櫂は不動明王（ふどうみょうおう）の真言を唱えた。この場に不動明王を呼び出し、左手に持っている邪気や魔を縛るための羂索（けんじゃく）で、羅刹の足を縛ってもらう。室内に神気が高まり、不動明王の存在が強まった。不動明王は逃げようとした羅刹を恐ろしい形相で見下ろし、羂索を投げつけた。羅刹は不動明王に足を羂索で縛られ、畳の上に転がった。

「何する、貴様！」

羅刹が怒り狂って、足首に絡みついた羂索――縄を解こうとする。だがそうすればするほど縄が締まり、羅刹をこの場に縛りつける。

「すまん、羅刹。お前にはしばらく留守番をしてもらいたい」

羅刹を信用できない以上、こうするしかなかった。これがよくない方法だというのは承知していたが、他に考えつかなかった。羅刹を自由にするのが怖い。伊織を傷つけられたくない。そう思ってしたことだが、羅刹の全身から怒気が上がり、せっかく羅刹との間に生まれつつあった信頼が、音を立てて消えていくのが分かった。

「陰陽師（おんみょうじ）が……っ、吾（われ）をこのような扱いにするとは……っ」

羅刹の赤毛が逆立ち、荒々しい息遣いで、櫂を鋭い爪で引き裂こうとしてきた。予想以上に怒り狂う羅刹に罪悪感を抱き、櫂は自分のした行為を後悔した。もっと羅刹と話し合うべきだったたろうか。今さら遅いが、一晩悩めば別の手を思いついたかも。

「悪かった、羅刹。今は伊織を優先させたいんだ」

不動明王の縄から逃れようと暴れる羅刹に、櫂は苦しげに言った。

「それほどに……?」

羅刹の目が赤く光り、憎悪を剝き出しにして、身体の周囲に火花を散らす。

「それほどまでに、あやつが大事なのか?」

羅刹の身体をとりまく火花が、蛇のように長く繋がり、うねっている。羅刹の火花は不動明王がすべて消し去っているので、害はないが、それでも生きた心地がしなかった。櫂は口を開きかけて、言っても無駄だと、うつむいた。

伊織の記憶が戻らない限り、この身にかけられた呪いは解けない気がした。けれど、そう言っても羅刹の心には響かないだろう。櫂の寿命が尽きるのを待ち望んでいる鬼だ。櫂の命を助ける手伝いなどしてくれるわけがない。

「食事は運ぶ。だからしばらくの間、この部屋から出ないでくれ」

櫂は羅刹と目を合わせるのが苦痛になり、下を向いたまま、そう告げた。羅刹の苛立った気配が部屋中に充満している。

(どうして俺は、こんなにうろたえているんだ)

少し前なら、羅刹を縛る術を使うのに、何のためらいもなかったはずだ。羅刹と過ごすことによって、羅刹に対する気持ちが変化してしまったのかもしれない。陰陽師と鬼という立場でいなければいけないのに、まるで弱い者いじめしているような気分になっている。反論を聞かずに、従わせている暴君だ。

「――この縄が解けたら、お前を殺す」

羅刹の低い声音に、櫂はどきりとした。

「次に、あの伊織とやらを殺す。その次はお前の友人の千寿だ。その後は手当たり次第に、人を喰ってやる。もう決めた」

羅刹はそう言うなり、畳の上にごろりと横になった。身の内を怒りとも悲しみともつかぬ感情が走った。自分は何を間違えたのだろう。ただ伊織を、ひいては自分を守りたいと願っただけなのに――。

羅刹が自由になったら、命がけの闘いをしなければならなくなった。

頭に重い鉛が埋め込まれたような気がして、櫂は言葉もなく、その場にじっとしていた。

■六章　陰陽師と鬼

七月に入り、一週間もすると梅雨が明け、暑さは日々増していった。

燿は連日のように坂上病院へ通っていた。初日はほとんど声が出ていなかった伊織だが、日に日に回復していくのが目に見えて分かった。点滴が外れ、一般人と同じ食事を摂るようになると、弱っていた足腰も少しずつ強くなる。個室だった病室も、二人部屋に入れるようになり、歩く練習も始めた。記憶のほうは相変わらず戻らないようだが、元気になっていく伊織を見ているだけで、報われる思いだった。医者も驚異の回復力だと言っている。

「伊織と仲良くなったのは中学生の時だよ。伊織はクラスの人気者で、浮いている俺を気にかけてくれたんだ」

燿は積極的に伊織に過去のエピソードを語った。話を聞くうちに何か思い出すかもと期待してだった。

「伊織はサッカー部でさ、チームのエース的存在だったんだ。女子からもきゃーきゃー言われてたな。かっこよかったよ。元気になったら、ボール蹴ってみると昔を思い出すかも」

　櫂が親しかったのは中学生の時なので、話題は自然とその時期の話になった。むろん、高校三年生の夏に男とホテルに行こうとしているところを偶然伊織に見られたという話はしていない。できれば思い出したくない黒歴史だ。伊織の記憶が戻ればどのみち思い出すだろうが、今は伏せておいた。

「断片的でもいい、記憶に残っていることはあるか……?」

　櫂は病院内を歩行バーを使って歩く伊織に尋ねた。

「……お前の家」

　汗を流しながら一歩一歩踏みしめ、伊織がぼそりと呟く。

「山の中になかったか……?」

　伊織の発言に櫂は目を輝かせた。櫂の家を覚えている。

「そうだよ!　すごい山の中だって、お前文句を言ってたな」

　在りし日の記憶が蘇(よみがえ)り、櫂は目を細めた。伊織はそれ以上の記憶は出てこないようだったが、それでも前進しているのを感じた。

「あと数日もすれば、退院できますから」

　数日後には看護師にそう言われ、櫂はとうとう退院する日が来たのかと感慨深くなった。リハビリ中の伊織を窓越しに眺め、櫂は看護師に改めて礼を言った。長い間、丁寧な看護をしてくれた看護師たちには頭が上がらない。

「大丈夫か？　伊織」

リハビリ室に入り、歩行バーにもたれている伊織を窺うと、ぎこちなく微笑まれる。伊織は長い間寝たきりだったので、筋肉がほとんどなくなっている。今は体力をつけて、元の身体に戻るのが何よりの回復だった。

「心配かけてごめん。大丈夫だよ」

伊織は再び歩く練習を始めた。骨と皮状態だった身体は少し肉がつき、削げた頬にもふくらみが戻っている。

「思い出せなくて悪い。そのうちきっと思い出せるから」

伊織は笑顔で一歩一歩着実に進む。気にしなくていいと言おうかと思ったが、必死にがんばっている伊織を見たら野暮な気がして黙った。

「お前が元気になれば、喜ぶ人がたくさんいるはずだ。伊織の大学時代の交友関係が分からないから連絡できなかったけど……」

櫂は言葉を濁した。伊織は聞いているのかいないのか、ぼんやりした表情だ。昔の話を語りながら、口にできない話も胸に引っかかっていた。伊織の母親についてだ。自分の意識のない間に母親が死んだと知ったら、どれほど悲しむだろう。言わなければと思いつつ、なかなか口にできなかった。

「俺のせいで……ごめんな」

リハビリに励む伊織の背中にそっと囁く。すると伊織が振り向き、不思議そうな瞳で櫂を見つめた。

「――この前の奴、誰？」

歩行バーに寄りかかりながら、伊織が低い声で尋ねる。

「この前の奴？」

見舞いによく来る千寿のことだろうかと思い首をかしげると、伊織が前髪を指で掻いた。

「あの赤毛の……」

羅刹のことか。目覚めた日に一度会っただけなので、てっきり気に留めていないと思っていた。まさか鬼だとは言えないので、櫂は「友人だよ」と苦笑した。

「ふーん……」

気に入らないという口調で伊織が呟き、再び歩行を開始した。その表情が式神の伊織が嫉妬した時と似て見えて、内心胸がざわついた。

「おう、どうだ？　調子は」

病室に戻ると、千寿が見舞いにやってきていた。法事の帰りとかで、袈裟姿で病室に入ってくる。いかにも坊主といった格好なので、患者や見舞客の目を引いて大変だったそうだ。

「これ見舞い品」

千寿がカップアイスを取り出す。伊織は食事制限はないので、中学校の時を思い出しながら三人でアイスを食べた。

「だいぶ体力は戻ってきた気がするよ。早く退院しないと……」

伊織は櫂がカップアイスをスプーンですくうのを横目で見ながら、手を動かす。目覚めた伊織は、日常生活にも支障をきたしていた。箸が上手く使えなくなっていたり、字が書けなくなっていたりしたのだ。六年の間、植物状態だったのが脳に悪い影響を与えたのかもしれない。

「そう焦るな。でも退院してもいくところがないんだろう？　どうするつもりだ？」

千寿はベッドに腰をかけ、あっという間にアイスを平らげて聞く。櫂は顔を曇らせた。今こそ伊織に母親の話をしなければならないと覚悟を決めた。

「伊織、実はお前の母親についてなんだが……」

櫂は意を決して、伊織に母親が亡くなったことを打ち明けた。身寄りがないことにショックを受けるかもと案じたが、伊織は顔色一つ変えなかった。昔と違い、感情が希薄というか、時々何を言っているのか理解できないという表情になる。

「親戚に連絡を取っているんだが、遠くてなかなか来られないみたいで」

櫂が困り顔で言うと、伊織はかすかに顔を歪めた。

「櫂のところに行きたい」

当たり前のように伊織に言われ、櫂は救いを求めるように千寿を仰いだ。

羅刹がいなければ、櫂も伊織の面倒を見たかった。ずっととは言わないが、社会生活を送れるくらいまでは、責任を持ってつき合いたかった。けれど今は事情が変わった。羅刹がいる以上、伊織は絶対に家に連れて行けない。

あれからずっと羅刹とは冷えた関係を続けている。病院から帰ると屋敷内が暗くて、気分が憂鬱(ゆううつ)になる。家に帰りたくない気持ちになるなんて、初めてだった。羅刹と顔を合わせるのが怖くて、怒っている姿を見たくなくて、自室には寄りつかなくなったくらいなのだ。自分でしたことなのに、鎖で縛りつけられている羅刹を正面から見られなくなっていた。

「すまない。俺のところは無理なんだ。千寿、お前の寺では駄目か？」

櫂は困り果てて千寿に話を振った。

「うちか。まぁ、親父に聞いてみるか。寺の仕事を手伝ってくれるなら、少しの間くらいなら」

ふいに不穏な気配を感じて身体を硬くした。伊織が剣呑(けんのん)な顔つきでうつむいている。櫂が断ったのがそれほど嫌だったのか。千寿も気づいて、戸惑っている。

「俺は櫂のところに行きたいんだ」

吐き捨てるように伊織が呟いた。その声が恨みがましくて、背筋が震える。櫂の知っている伊織は明るくて誰からも好かれるいい奴だった。こんな毒を吐くような台詞(せりふ)を口にするなんて、伊織らしくなかった。

意識を取り戻してから連日のように見舞いに来ているのがよくなかったかもしれない。考えてみれば記憶がないから知り合いはいないも同然だし、毎日通ってくる自分に依存するのも当然だ。

「えーっと。……じゃあ、そろそろ帰るよ。また来るから」

アイスを食べ終えた千寿が、聞こえなかった振りをして帰ろうとする。慌てて櫂も「俺も行くよ」と腰を上げた。伊織は不満そうに櫂に手を伸ばしたが、また来ると告げて、千寿と病室を出た。

伊織の病室を離れると、少しホッとする。伊織には申し訳ないが、日が経つにつれ、伊織といるのが苦痛になっていた。原因は伊織が自分に固執しているせいだ。一緒にいる時はいいのだが、帰ろうとするとひどく不機嫌な顔つきになる。それはまるで——式神の伊織が壊れていく時みたいではないか。そう考えると、胸が苦しくなる。

何かを間違えている。何かを見落としている。

そんな不安が最近、櫂を支配している。

「……伊織ってあんな奴だっけ？」

千寿が首をかしげて呟いた。腰の曲がったパジャマ姿の老婆と廊下ですれ違い、千寿は拝まれて困っている。

「いや……、あんな奴じゃないよ。きっと記憶がないのが原因だろ。早く記憶が戻るといいんだけど。……まあ、もしかしたらこっちが伊織の本質だったのかもしれないけど」

櫂はため息をこぼして言った。伊織と仲がよかったのは中学校の時だけで、大人になってからは拒絶していたのもあって交流はなかった。自分が同性愛者かどうか悩んでいた時に親しくしていたのもあって、よく抱かれる妄想をしながら自慰をしたものだ。

「お前、伊織のこと好きだったんだろ？」

千寿にずばりと聞かれ、櫂はつい立ち止まった。千寿にはやはりばれていたようだ。あれだけ伊織を避けていたら、仕方ないか。

「その割には、今は冷めてるな。男同士ってそんなもんなのか？」

千寿には櫂の微妙な気持ちが筒抜けのようだ。痛いところを衝かれて、櫂は口をへの字にした。自分でも少し驚いている。伊織が目覚めたら昔の恋が再燃するかもしれないと思っていたのに、実際伊織を前にすると、愛しいという感情が湧いてこない。昔と違い、やつれてしまったせいか？　あるいは記憶がないせいか？　理由ははっきりしないが、今の伊織と会っていても、友情以上のものは出てこなかった。そんな自分に少し嫌悪感も抱いている。

「疲れてるな、お前。っていうか、あの鬼……いないのか？」

千寿はエレベーターを待ちながら、周囲をきょろきょろする。あの鬼とは羅刹のことだろう。

「一緒にいると伊織を殺しかねないので、家に縛りつけている」

羅刹について思い出すと、ますますため息がこぼれる。

式神の伊織に頼んで食事を運んでもらっているが、羅刹は縛られて以来、一度も食事をしていない。何百年もの間、飲まず食わずでも死ななかった鬼だ。食事をしなくても問題はないのだろうが、今日も食べなかったという報告を聞くたび、胃が痛くなっている。羅刹は自由になったら耀や伊織、千寿を殺しにいくと宣言した。飢餓状態に自分を持っていって、憎悪を燃やしているのかもしれない。

「えっ。大丈夫なのか？　いや、俺は早くあの鬼を調伏しろと思ってるけど……、そんな力で征服するような真似をして」

「う……っ」

きりきりと胃が痛み、耀は胃の辺りを押さえた。病院に見舞いに来れば疲れ、家に帰っても疲れる。疲れると、憑かれるは同意語だ。この十日ほどで耀の体重も激減した。

「まずいのは分かっている。羅刹を怒らせた。俺の失態だ」

開いたエレベーターに入り、耀はこめかみを揉んだ。

「俺が羅刹に喰われたら、次はお前のとこに行くかもしれん。すまん」

しれっと謝ると、千寿が青ざめて肩を激しく揺さぶってくる。

「やめろよぉ！　俺があの鬼に敵わないのは分かってるんだろ！　封印解いたのはお前なんだから、責任取って始末つけろよな！」

エレベーターの中でぎゃーぎゃー騒がれ、耀は力の入らない顔で笑った。いつもと様子が違うと気づいたのか、千寿が戸惑って覗き込んでくる。

「何で、そうなったんだよ？　変な言い方だけど、お前たち仲良くなってたじゃないか。病院で会った時、伊織を殺そうとしたのも、あれって嫉妬だろ？」

櫂と羅刹の関係が気になるのか、建物を出ると、千寿に駐車場の横にある自販機のところまで引っ張られて詰問された。湿度が高くて、蒸し暑い。冷たいコーヒーが飲みたい。

「嫉妬……？」

言っている意味が分からなくて、自販機から取り出した缶コーヒーを持って、首をかしげる。千寿は羅刹を封印した高僧の子孫だ。それもあって、一度羅刹に襲われかけたことがある。この病院で再び千寿と羅刹が会った時、てっきりまた千寿が襲われると思った。だが、何故かその時、羅刹が殺そうとしたのは、千寿ではなく、意識のない伊織だった。

「あれは嫉妬じゃないだろ。目障りだから殺すとか言ってたけど」

確かにあの時、伊織に殺意を抱いた羅刹に疑問を抱いた。

「お前、時々鈍感だよなぁ」

千寿が呆れて頭を叩いてきた。

「どうみてもあの鬼、伊織に嫉妬していただろ。お前が式神に使ったり、大切に思っているのが分かったから、伊織を殺そうとしたんじゃないか」

櫂はぽかんとして、持っていた缶コーヒーを落とした。コンクリートに黒い液体をぶちまけてしまい、慌てて拾い上げる。

あれは嫉妬だったのか。人間を見ると殺したくなるのかと思っていた。

「……待てよ」

ふっと思い当たる節があって、櫂は頭を抱えた。伊織に関する話になると、確かに羅刹は機嫌が悪くなった。羅刹を縛り上げる羽目になった時も、それほどに大事かと問われたような。自分はどう答えたのだろう。思い出せない。

「――いやでも、それは術のせいだ。羅刹が本心からそう思っているわけではない。確かに嫉妬したかもしれないけど、それは術のせいだから……」

そう言いかけて、また胸が苦しくなった。術をかけたのは自分なのに、そのせいで羅刹がおかしくなって困っている。今さらだが、鬼の封印なんて解くんじゃなかった。迷惑かけられてばかりだし、ややこしい関係になっているし、時間を戻せるならあの場に戻って自分を止めたい。いっそ羅刹にかけた術を解くか？　自分への執着がなくなれば、羅刹は嫉妬しなくなるのか？　いや、それは駄目だ。術を解いたら、喜び勇んで人を殺して食べまくるだけだ。

「覆水盆に返らず、って知ってるか？」

櫂の悩んでいる様子を見抜き、千寿が冷たく言う。千寿と話して、どっと疲れた。羅刹との関係を修復しなければならない。あの時、羅刹を信用するべきだっただろうか。伊織から情報を聞き出さなければと、そればかり考えていて、羅刹をどうしても信用できなかった。伊織を羅刹に殺されたらと考えるだけで、胃が引き攣れる思いだった。

（だって鬼なんだもん）

肩を落としてうなだれ、櫂はがりがりと髪を掻いた。

「氷室さん」

ふと声をかけられ、櫂は顔を上げた。看護師の山田が私服姿で手を振っている。今から出勤なのだそうだ。

「土井さん、すっかり回復してきましたね」

山田は笑顔で自販機の前に立ち、ペットボトルの水を買っている。その視線が千寿に向けられ、不思議そうな顔で微笑んだ。

「土井さん、お寺関係の方なんですか？　少し前にも尼さんがお見舞いに来てましたよね」

何げない口調で言われ、櫂はひやりとするものを感じて固まった。尼が、見舞いに来ていた……？

「尼……？　いや、俺の寺には尼さんはいないですけど。っていうか、伊織はふつうの家で」

千寿が目を丸くする。山田は自分の勘違いに気づいた様子で、頭を掻いた。

「あら、そうなんですか。てっきり」

「その尼さんて！」

櫂は山田の肩を摑み、大声を上げた。山田がびっくりして「きゃっ」と声を上げる。櫂の険しい形相に押され、山田が硬直する。

「どんな人でした⁉　ひょっとしてけっこう綺麗な……？」

嫌な予感がして、胸がざわめく。自分の勘違いであってほしい。

「え、ええ、そうです。色っぽい尼さんだって、他の患者さんが噂してたくらい」

それは八百比丘尼ではないか——櫂は背筋を震わせた。何故、伊織の見舞いに？　頭が混乱して、息が荒くなった。

「いつ、来たんですか？　何か変なこと、してませんでした？」

櫂のただならぬ様子に、山田はすっかり気を呑まれ、必死に思い出そうとする。

「ええとあれは確か……、そうそう、土井さんが意識を取り戻す少し前ですよ。尼さんが帰っていった後、病室に様子を見に行くと、土井さんの目が開いていたんです」

ぞくりとして櫂は缶を握り締めた。尼が去った後に、伊織の意識が戻った……？　偶然だろうか？　いや、偶然なわけはない。尼が何かしたのだ。

「どうした？　櫂」

櫂の様子が緊迫していたせいか、千寿の顔も強張っている。八百比丘尼についてどう説明していいか分からず、櫂は何でもないと首を振った。

尼は何をしたのだろう？　どんな技を使って伊織を現世に引き戻したのか。この六年の間、櫂はあらゆる術を使って伊織を呼び戻そうとした。延命法招魂作法という術があって、肉体から離れた病人の霊魂を取り戻す術がある。伊織の着ていた衣服を使い、加持を行うものだ。

それを行っても、伊織の魂魄は戻らなかった。

『私はあなたのお味方でございます』

尼はそう微笑んだ。結果だけをみれば、確かに大切な友人は戻ってきた。けれど、本当にそれだけですむのだろうか。

得体の知れない気味の悪さを感じながら、櫂は空き缶をゴミ箱に捨てた。

自宅に戻ると、伊織が玄関前で待っていた。帰宅した際には出迎えてくれと命じたからだ。こうしてみると病室にいる本物の伊織と式神の伊織はぜんぜん似ていない。

「お帰りなさいませ」

伊織は九十度腰を曲げて言う。味気ない出迎えだ。羅刹の様子を聞くと、食事をしていないと返答した。今日もハンストかと気が重くなり、櫂は家に上がった。羅刹のいる自分の部屋に行くのが億劫(おっくう)だ。こんなことなら別の部屋に縛りつければよかった。

「草太、宿題か?」

居間ではテーブルを使って、草太がドリルをやっていた。最初は足し算と引き算すらできなかった草太だが、割と覚えがよかったのか、今では小学校の授業についていっている。

「先生、いつまで羅刹を拘束すんの？」

鉛筆を動かしながら草太に聞かれ、櫂は言葉に詰まった。草太は時々羅刹の様子を見に行っているらしい。羅刹のほうがいきり立っていて、ろくに会話にならないようだが。

「俺が聞きたいよ……」

羅刹を術で縛ったのは逆効果だった。あれ以来、草太が自分に不審を抱くようになったからだ。家の空気が悪いというか、少し前まであんなに騒がしかったのに、今はどんよりしている。草太も木札で縛っているが、行動は自由にしている。草太は鬼とはいえ半妖で、大した力は持っていないからだ。何よりもまだ人の肉を喰った経験も、殺した経験もない。同じような術で羅刹を縛るべきだったかもしれない。あんな罪人めいた拘束じゃなくて……。

「あいつボディガードとか言ってなかったっけ？」

宿題を終えたのか、ドリルをしまって草太がじっと見つめてくる。子どもの穢れない眼で聞かれると、居心地が悪くなる。

「ガキは関係ない話だ。大体、羅刹がいなけりゃ、寄ってくる魔物も小物になった」

櫂は言い訳がましくぼやいて腰を上げ、部屋に向かった。夕食にはまだ早い時間だ。一応羅刹の様子も見に行っておかなければならない。ひどく憂鬱だ。部屋の外から分かるくらい、不機嫌なオーラが漏れている。

「羅刹。また食べていないのか」

　障子を開けて、声をかけると、部屋の隅に転がっていた羅刹がすごい形相で睨みつけてきた。すぐに櫂に背を向け、壁に向かってあぐらをかく。少したじろいだが、ここで逃げても仕方ないので障子を閉めて、羅刹の傍に座り込む。

「なぁ、俺が悪かったよ。拘束したくてしたわけじゃない。お前に伊織を殺されると困るんだよ」

　何とか羅刹の怒りを宥めようと、櫂はことさら優しい声で語りかけた。けれど羅刹は背中に怒気を込めて、返事もしない。

「なぁ、羅刹ってば」

　あれこれ話しかけてみたが、羅刹は頑なに無視している。今日もまただんまりかと櫂は憂鬱になった。拘束してからずっと、振り向いてさえくれなくなった。よっぽど腹に据えかねるのか、拘束が解けた瞬間、櫂に襲いかかるつもりだろう。

　千寿は羅刹が伊織に嫉妬していると言った。怒りの根源がそこにあるなら、伊織を殺すなと言うのは逆効果だろうか。

「俺が伊織を殺されたくないのは、俺の呪いを解くにはあいつが必要だからだよ。色恋的な意味じゃないんだ。そういう感情はとっくに消えている」

　駄目でもともと、と櫂は羅刹の背中に話しかけてみた。こういえば、羅刹の機嫌も少しは良くなるかと思ったが、羅刹は肩をピクリと動かしただけで、結局振り返らない。

（やっぱ駄目じゃん。嫉妬じゃないんじゃねーの）

　少し期待したのもあって、頑なな態度を貫く羅刹に苛立ちが湧いた。

「――伊織が目覚めたのには、八百比丘尼が関係している」

　低い声音で告げると、いきなり羅刹が振り返った。自分の話には反応しなくても、尼の話なら反応するらしい。そこに軽い嫉妬を覚えたものの、ぎらついた目をする羅刹と久しぶりに視線をかわせて、安堵に似た気持ちが湧き起こった。

「病院に八百比丘尼が現れたらしい。そのすぐ後、伊織が目覚めたんだ。八百比丘尼の目的は不明だが、近くにいるのは確かだ」

　櫂がそう言い終えると、突然羅刹は咆哮した。肌がびりびりするくらい痛くて、羅刹の迫力にびっくりする。

「拘束を解け！」

　羅刹が身体から炎を放ち、自分の足を縛りつける縄を燃やそうとする。不動明王の縄は羅刹の炎にも焼かれず、きりきりと縛りつけている。

「羅刹……」

　懸命に足首に絡む縄を食い千切ろうとする羅刹が憐れになり、櫂は思わず手を伸ばしていた。すると一瞬のうちに右手がひどく熱くなり、血が飛び散った。羅刹の鋭い爪が櫂の右腕を裂いたのだ。

右腕の肘から手首近くまで鋭い爪で裂かれ、血が畳に落ちる。

「痛……っ」

「おのれ、陰陽師が……っ」

羅刹の目は赤々と光り、牙が剝き出しになり、赤い髪が生き物のようにうねうねと動いている。最初に会った時の鬼そのものの姿に、櫂は胸が痛んだ。櫂の血の匂いに余計猛ったように、羅刹が咆哮して腕を振り上げてくる。とっさにそれを躱し、櫂は後ろに尻もちをついた。畳に血がぼたぼたと落ちていく。

「先生、何してんの？」

血の匂いを嗅ぎつけたのか、草太が廊下を駆けてきた。草太は怒り狂っている羅刹と、血を流す櫂を見て、毛を逆立てる。

「伊織、救急箱を持ってきてくれ！」

櫂は危険を感じ、声を荒らげた。この場に留まるのはまずいと、櫂は部屋を出ようとした。それを阻むように、草太が両手を広げて通せんぼする。

「何だこれ、何だこれ……、すっごい、いい匂い」

草太の目の焦点が合わなくなり、鼻を引くつかせてこちらに手を伸ばす。

（まずい）

草太の目が金色に変化するのに気づき、櫂はとっさにポケットから取り出したハンカチを傷口に押し当てた。赤く染まっていくハンカチに引き寄せられるように、草太がふらふらと足を動かす。

「草太、こっちに来るな！」

櫂が怒鳴っても、草太は興奮した息遣いで、近づいてくる。櫂の制止の声が聞こえないようだ。草太を止めようと、印を組もうとしたとたん、怪我を負った右腕に草太が噛みついてきた。ハンカチを奪われ、草太が口の周りを赤く染めながら血を吸う。

「やめ、痛ぁ……っ‼」

子鬼とは思えない力で草太が櫂の腕に食らいつく。牙が肉に食い込み、強烈な痛みが脳天まで駆け抜けた。

「それは吾の獲物ぞ‼」

草太に腕を千切られる前に、羅刹が怒り狂った様子で草太の腹を蹴り上げた。草太は蹴り飛ばされ、派手な音を立てて、障子を突き破り、廊下に投げ出された。

「ううう……うう」

草太は唸り声を上げて起き上がり、金色に光る眼で羅刹を睨みつける。障子を突き抜けた際にまといついた木片がばらばらと草太の身体から落ちた。蹴り飛ばされた時に草太は額の角を折ったらしい。板の上に、角が転がっている。

「ううう、ぐぐぐ……」

草太の目尻が吊り上がり、同時に、こめかみの近くがめきめきと裂けていくのが見えた。肉が裂け、その奥から二本の角が伸びていく。

「草太！」

櫂は青ざめて必死に印を結ぼうとした。けれど痛みのせいで上手く結べず、草太の角が生えていくのを止められなかった。

「うぉあああ‼」

草太の身体がどんどん大きくなり、手足が伸びていく。二本の角がしっかり生え変わると、そこにはもう小学生の男の子はいなかった。羅刹より少し小柄だが、一人前の鬼の姿になった草太が立っていた。衣服はぼろぼろに破れ、髪が伸び、手足の筋肉が盛り上がる。

「う、ぐ、ぐ……」

草太は首にかかっていた木札を摑んだ。草太の爪は長く伸び、まるで凶器そのものだ。草太は木札を首から引き千切った。子鬼だった草太は縛れても、木札には成人した鬼を縛るほどの力はない。櫂は何て最悪の日だろうと、草太と睨み合う羅刹を交互に見た。

「草太、理性を取り戻せ！　ノウマクサンマンダ・バサラダンセンダン……」

櫂が痛みを堪えつつ不動明王の真言を唱え始めると、草太は大きく身体を仰け反らせ、庭へ跳躍した。そして櫂の拘束から逃げるように、塀を乗り越え、夕闇に紛れてどこかへ消えてしまった。

「先生」

救急箱を持った伊織が、いつの間にか廊下に立っている。

「いて、て……っ、うう」

草太を追おうとした櫂は、腕の痛みに声を上げた。ふっと羅刹の怒気が和らぎ、あれほど燃えていた怒りの炎が鎮まっていく。

「吾は……何を……」

羅刹は血を流す櫂を見つめ、困惑した様子で呟いた。その時、羅刹の肩越しに、餓鬼が顔を覗かせた。羅刹の怒りに惑わされて、餓鬼がこんな近くにいたのに気づいていなかった。不動明王が縛り上げていたにも拘らず、餓鬼は羅刹の怒りの炎を食糧として、隠れ棲んでいたのだ。

「……っ」

羅刹は肩に潜んでいた餓鬼を引っ摑み、拳で握りつぶした。断末魔の悲鳴を上げて、餓鬼が消えていく。

（そうか、俺は……。俺は、おかしくなっていた。物の怪を呼び込むほど、波動が落ちていたんだ）

伊織の意識が回復したという知らせを聞いた時から、櫂は自分が惑わされていたのを知った。羅刹に小さな物の怪が憑いていたのに、まったく気づいていなかったのだ。有無を言わさずに羅刹を縛り上げたのは、自己中心的な考えからくるもので、してはならない行為だった。陰陽師が鬼を縛り上げることは至ってふつうの事例だ。そこに葛藤も罪悪感もないから、波動が落ちることはない。けれど、櫂と羅刹の関係は少しずつ変化していた。陰陽師と鬼という関係ではなく、何度も身体を重ねた恋人の関係に近いものになっていた。だから、羅刹を縛り上げることで罪悪感が湧き、波動を落とした。波動は負の感情によって落ちていく。波動が落ちれば、陰陽師としての力が弱まり、邪（よこしま）なものを見逃してしまう。

「手当てを頼む」

櫂は羅刹が気になりながらも、この出血を止めなければと居間に行った。ハンカチで押さえているものの傷口からはまだ血が止まらない。伊織にさらしで二の腕あたりをきつく縛ってもらい、何とか出血を止めようとした。

「病院に行かないとまずいな……」

裂かれた部分が広範囲すぎて、血の匂いでくらくらしてきた。問題は車の運転だ。この腕では、運転できない。式神に車の運転をさせるわけにはいかないし、救急車を呼ぶのも問題がある。そもそもこんな山奥じゃ、救急車が来るのに時間がかかる。

「千寿、助けてくれ……」

悩んだ末に、千寿に電話をかけた。昼間会ったばかりの千寿は大怪我の櫂に絶句しつつ、車で病院へ運んでくれた。

草太はどこへ行ったのだろう。頭の痛い問題ばかりで、眩暈（めまい）がしてきた。

夜間救急をしている病院で傷口を縫ってもらい、夜遅くに櫂は千寿と共に屋敷に戻ってきた。千寿は何も聞かないが、羅刹が原因だろうと疑っている。間違いではないのだが正解でもなく、羅刹を責める言葉を聞きたくなかったので、何も聞かれなくて安堵した。

「ありがとう、助かった。この礼は必ず」

玄関の前で千寿と別れ、櫂は出迎えに出た伊織に包帯でぐるぐる巻きにされた腕を見せた。

「先生、羅刹が夕食を食べました」

疲れて居間の座布団に横たわった櫂に、伊織が報告した。

「そうか」

ホッと胸を撫で下ろして、櫂は伊織の作った素麺(そうめん)を口にした。包帯で巻かれているのは腕だけなので、指は動くのが幸いだ。

「いろんな意味で困ったな」

櫂はもそもそと素麺をすすり、頭を抱えた。櫂が怪我をしたせいで、草太が一人前の鬼になってしまった。急激な変貌(へんぼう)は、人の血を舐(な)めてしまったせいかもしれない。しかも、どこへ行ったか分からない。羅刹は屋敷から出られないようにしていたが、草太はしていなかったのが敗因だ。病院から戻ってきた時、草太が帰っていたらという淡い期待を抱いていたが、無残に打ち砕かれた。

草太は今頃どこにいるのだろう。急に成人してしまって、混乱しているに違いない。人間だった時の感情が残っていればいいが、鬼の感情に支配されていたら、手近の人間を襲って喰う可能性もある。特に人の血の味を覚えてしまった今となっては、襲うなというほうが無理だ。

（雪さんに報告しなきゃ……）

櫂は憂鬱になって唇を噛んだ。十月までどころか、十数日後に変化させてしまったなんて、どの面下げて言えばいいのか。しかも、肝心の草太が行方不明なんて。

草太を捜しにいかなければならないのに、人手が足りない。式神の伊織は屋敷を離れられないし、頼りになる友人も千寿くらいしかいない。こうなると知っていたら、羅刹を拘束なんかしなかったのに。しかも三日後には満月の夜がやってくる。この怪我をした状態で、果たして無事に満月の夜を越えられるのか。最悪の場合、加持祈祷（かじきとう）の最中に死ぬかもしれない。櫂の寿命はわずかだ。もしかしたら三日後が、その日かもしれない。

「ああー……。もうやだ」

考えれば考えるほど、八方ふさがりに思えてきて、櫂はテーブルに突っ伏した。こんなことなら雪にまだ居残ってもらえばよかった。気分は最悪だ。

（……そうだ）

ふいに頭の中に、那都巳のいけすかない爽やかな笑顔が浮かんできた。あの男を利用できないだろうか。自分には一つだけ、手立てがある。

食べかけの素麵を放置し、携帯電話で那都巳に電話をかける。夜の十時だったが、すぐに那都巳が出た。

「俺だ。氷室だ。八百比丘尼の情報があるから、うちに来ないか?」

櫂がぶっきらぼうな口調で言うと、笑い声が戻ってきた。

『了解。今すぐ行くよ。ああ、住所は知ってる』

那都巳は無駄な質問は一切せず、すぐに電話を切った。櫂の思惑も、状況も、見透かしているのかもしれない。自分より力が上の陰陽師だから、見抜かれていても不思議ではない。

「後で客が来る」

伊織にはそう告げると、櫂は食べかけの素麵を口にした。食べ終えると、意を決して羅刹のいる私室に向かう。

「羅刹」

櫂の私室の障子は壊れてしまったので、部屋は廊下から丸見えだ。羅刹は畳の上で大の字になって寝ていたが、櫂が声をかけるなり、跳ね起きた。

「……」

羅刹は櫂の包帯を巻いた腕を見るなり、自分が痛いかのように顔を歪めた。その表情が人間臭く見えて、どきりとした。ひどく後悔している男の顔に思えてならなかったのだ。

「お前……絶対、俺を殺せないだろ」

そんな言葉がぽつりと口から出た。羅刹は腹立たしげに櫂を睨みつけ、背中を向けた。櫂はその前に座ると、印を組んで不動明王を呼び出す真言を唱えた。

「羅刹の羂索を解いてほしい」

櫂は静かな口調でそう告げた。ハッとして羅刹が振り返った時には、足首を縛り上げていた縄は消えていた。羅刹の拘束を解いたことで、いきなり襲われる可能性もあったが、そうはならない気がした。もし本気で羅刹が櫂を殺すなら、先ほど傷つけた段階で、一気に心臓をえぐり取っているはずだ。けれど羅刹は怪我を負った櫂を見て、我に返った。己のした行為を悔やんでいるようにすら見えた。

櫂の予想通り、羅刹は自由になっても暴れたりはしなかった。忌々しそうに赤毛を手で掻き、櫂の前にあぐらをかく。

「……何故あれほど怒り狂ったのか、吾にも分からん」

羅刹は曇った表情で、部屋の隅に視線を向けた。

「お前に拘束されて、頭に血が上って、八つ裂きにしてやろうと思った。いつの間にか餓鬼がとり憑いていたせいか？　分からぬ。腹の中がぐちゃぐちゃになったような気分で、いっぱいだった」

気落ちした様子の羅刹に、櫂も大いに反省した。本来なら櫂が自分自身を律していれば、起こらなかった問題だ。羅刹を縛るなど、する必要はなかった。もっと羅刹を信用するべきだった。櫂を傷つけて、ショックを受けた羅刹を見た時、それが分かった。

「俺が悪かった。お前は俺に裏切られたような気分になったんだろう。お前が人を喰う、喰うって言うのはいつものことだったのに、俺が疑心暗鬼に囚われたせいで、馬鹿な真似をした。ごめん」

改めて羅刹に謝ると、やっとこちらを見てくれた。ホッとしてつい微笑む。羅刹が腹が減ったというので、場所を居間に移して話すことにした。羅刹は長い間ハンストしていたのもあって、伊織が作った夜食の炒飯（チャーハン）をあっという間に平らげる。酒が飲みたいと言うので、もらいものの日本酒を瓶ごと渡す。

「草太が鬼になってしまった」

櫂は和紙で作った式神の鳥を窓から放った。草太を見つけるよう命じた白い鳥たちは四方に飛んでいく。

「お前の血と、吾の炎に当てられたのかもしれん」

羅刹は特に気にした様子もなく言う。子鬼の成長など、羅刹にとってはどうでもいいのだろう。こちらは大問題だ。明日は小学校に休みの連絡を入れなきゃならないし、もう戻ってこないとしたら、転校するとでも言って小学校をやめなければならない。いや、仮に戻ってきたとしても、今までの草太と面変わりしてしまっていたら、どのみち学校へはいけないだろう。

「落ち着いたと思うから聞くけど、本当に比丘尼を殺したいのか？」

　羅刹の様子を窺いながら、櫂は根幹に触れてみた。尼に会ってから、羅刹はおかしくなっている。もともと感情のまま動く性質ではあったが、尼に囚われすぎて、考えることを放棄しているように見える。

「殺したい」

　羅刹は間髪を容れずに吐き出す。

「殺せないのは、もう分かってるんだろう？　殺せたとして、すっとするのか？　お前が鬼であるのは変わりないのに」

　櫂は羅刹が激情を起こさないか案じながら、静かに尋ねた。羅刹は一瞬だけ怒気を荒らげたが、櫂の包帯を巻いた腕を見て、その激情を収めた。

「……お前はあの女を殺すなと言うのか？」

　考え込んだ末に、羅刹が眇めた眼差しで尋ねてきた。

「正直、俺はよく分からない。比丘尼が人間ではないのは確かだし。物の怪なら死んでもいいって話じゃなくて、物の怪同士の喧嘩なら俺の出る幕はないというか。ただ、俺は知りたいんだよ、羅刹。あの比丘尼の正体を」

　八百比丘尼と会った時のぞくりとした感覚を思い出し、櫂は無意識の内に怪我をした手に触れた。

「俺のご先祖様なのかどうかも含めて、いいものか悪いものか、見極めたいんだ」

切々と羅刹に訴えている間に、外から車が停まる音が聞こえた。那都巳がやってきたのだろう。櫂は腰を浮かせて、「この前の陰陽師を呼んだ」と言いながら廊下に出た。

「あの陰陽師を呼んで、どうする？」

羅刹は急に不機嫌になって、櫂の後を追ってくる。すでに深夜一時になっている。那都巳はフットワークの軽い男らしい。

「満月が三日後だから、手伝ってもらうんだよ。俺はこの通り、使い物にならないから」

櫂が玄関の引き戸を開けると、タイミングよく暗がりの中から那都巳が出てきた。ゆったりしたシルエットのシャツに、しわのない綺麗なズボンを穿(は)いている。背後に前回会った時にいた緋袴(ひばかま)姿の目隠しをした女性が二人、立っていた。

「すっげー田舎。ナビがなかったら辿(たど)り着けなかった」

櫂の顔を見るなり、那都巳はげんなりした様子で言った。ここ数日気温が上がっているせいで、夜中でもまだ蒸し暑い。

「悪かったな。ともかく上がってくれ」

櫂が顎をしゃくると、那都巳が怪我に気づいて目を丸くする。

「何それ。捕り物帳でもあったの？　強そうな鬼君がついていながら」

家に上がりながら那都巳が思わせぶりに言う。羅刹の顔が大きく歪むと、何があったか察したようで、笑い出した。

「飼い犬に手を噛まれた？」

かすかに嘲（あざけ）るような声音で言われ、櫂はイラッとして那都巳を睨みつけた。いちいち嫌味臭い奴だ。勘のいい男はこれだから嫌なんだ。

「どうぞ」

居間に那都巳を通すと、伊織が冷たい麦茶を運んできた。

「こんな夜中に呼びつけたんだから、責任はとってくれるんだろうね？　ガセネタだったら、そこの鬼とうちの式神でひと悶着あるけど」

居間に落ち着いた那都巳が、挨拶もそこそこに切り出した。那都巳の後ろで、緋袴の式神二人は背筋をすっと伸ばして正座している。櫂が那都巳の向かいに座ると、羅刹は櫂の後ろであぐらをかいた。那都巳が暑そうなので、エアコンの温度を下げる。涼しい風を受けて、那都巳の表情が少し和らぐ。

「ガセじゃない。八百比丘尼に会った」

櫂の言葉に、那都巳の目が光る。

「くわしく聞かせてもらおうじゃないか」

身を乗り出した那都巳に、櫂は戸隠（とがくし）で出会った八百比丘尼について語った。九相図（くそうず）から人物の部分だけ消えていき、最後の日に尼が絵から出てきたことを。那都巳は話を聞き終わるなり、ぶるぶる震え、興奮して拳を握った。

「くぅー。九相図か！　そうだ、思い出した！」

那都巳は目を細めて、テーブルをばんばん叩く。相当ハイになっている。八百比丘尼を捜していると言ったのは嘘ではなかったらしい。

「小さい頃、寺の住職に聞かされたのを思い出した。あの尼は不老不死だと言われたんだが、一つだけ死に近い状態を作り出せると。それが九相図だった。九相図に描かれると、絵と一体化して消えてしまうそうだ。ただし、絵師以外の他の人は見てはならない決まりがあって、その九相図を他の者に見られてしまうと、九日後には復活するとか」

奇妙な話を聞かされ、櫂は呆気にとられた。戸隠での出来事がなければ、馬鹿なと一笑するところだが、実際この目で見てしまった以上、真実だと認めざるを得ない。八百比丘尼は星野の祖父に出会い、自分が死ぬために九相図を描いてもらった。そしてその絵を誰の目にも触れさせないようにした。今回、星野の孫が部屋を開けるまで、八百比丘尼は死に近い状態でいられたのだ。

不老不死ゆえの、所業かもしれないと櫂は悟った。

「それで、ここからが大事なんだが、八百比丘尼は祖母とそっくりだった。つまり——冗談抜きで、俺は八百比丘尼の子孫かもしれない」

櫂はどういう表情をしていいか分からず、眉根を寄せて打ち明けた。那都巳はその点について大して驚いておらず、その可能性のほうが強いと思っていたのが見て取れた。

「物の怪たちがどうして君に群がるかというと、やはり血の匂いが同じだからじゃないかな。そうでなければ、陰陽師相手にわざわざ調伏（ちょうぶく）されに行くようなものだしね」

　血の匂い……。櫂はうんざりして肩を落とした。

「まだ確定したわけじゃないが……。そんなわけで、尼は俺を喜ばせようとしてか知らないが、伊織の……意識不明だった友人の魂魄を取り戻してくれた」

　櫂は背後にいる羅刹を気にしながら、続けた。

「尼が今どこにいるか分からないが、俺の近くにいるのは確定だ。尼の思惑は見当もつかない……。この羅刹はその昔、尼とひと悶着あってな。見つけ次第、殺すと言っている。といっても、尼は腹を貫かれても、平然としていた」

　尼の再生能力に関して言うと、那都巳は興奮しすぎて、身体を仰け反らせ、畳に倒れてしまった。びっくりして回り込むと、うっとりした様子で口元を押さえている。

「素晴らしい。不老不死の物の怪か」

　紅潮した頬で忘我状態の那都巳は、傍から見ると気味が悪かった。メディアに出ている時は常に冷静沈着で、どんな怪異も淡々と説明しているのに、今、目の前にいるのは、尼の話で興奮している変態だ。

「安倍（あべ）の血というのは厄介なものでね」

式神に起こされて、座り直すと、那都巳はほうっと吐息をこぼした。

「エリートの宿命というのかな。たいていの悪霊や物の怪は、簡単に調伏できてしまって、陰陽師に飽き始めたところだったんだよ。メディアに出れば、もっとすごいのがいるかと思ったけど、大したことなかったしね。久々に胸躍る出会いだ。その比丘尼――調伏したい」

那都巳は目を輝かせて言った。前半の台詞は本当にイラッとする。

「あれは吾の獲物だ」

羅刹が前にしゃしゃり出てきて、那都巳に凄（すご）みをきかせる。

「いいね。どっちが先にヤるか競争だ」

那都巳は楽しそうに羅刹と話している。

「ちょ、ちょっと待て。それでいいのか？　尼を捜していると言っていたから、初恋的な意味合いだと思っていたんだが……」

変なところで意気投合している那都巳と羅刹に割って入り、櫂は眉を顰めた。那都巳は楽しそうに笑って、伊織が運んできた麦茶を飲む。

「初恋？　ああ、初恋だよ。彼女に会って、俺の術がどこまで通用するのか知りたいね。不老不死の比丘尼だ。俺が殺してあげられたら、悦ぶに違いない」

蕩（とろ）けるような笑顔で那都巳が言い、櫂はついていけずに顔を引き攣らせた。理解できないが、羅刹とぶつからないのであればいい。

「尼の情報を渡した代わりに、ちょっと手伝ってほしい件がある。俺の傍にいれば、尼と会える機会もぐっと増えるはずだし」

気を取り直して、櫂は交渉に入った。那都巳の弛んでいた顔が元に戻り、興味深げに櫂と羅刹に目を向ける。

「それはそうかもね。で？　手伝ってほしい件って？」

櫂は居住まいを正して、那都巳と向き合った。

「次の満月の晩に、うちに泊まって、押し寄せる物の怪を退けてほしい。俺はこの通り怪我をしていて、完璧にこなせる自信がない。羅刹だけじゃ、すべて追い払うのは無理だ」

ムッとする羅刹の背中を撫で、櫂は窺うように那都巳に言った。

「ああ。話には聞いている。百鬼夜行だろ？　一晩くらい、別にいいよ」

あっさりと那都巳に了承され、櫂は拍子抜けした。もっとごねられるかと思ったが、案外いい奴なのか？

「あと実はうちで預かっていた鬼が一匹、行方不明なんだ。それも捜してくれると……」

「それは面倒だから嫌」

にべもなく遮られ、断られた。草太の件は自分で何とかするしかない。とりあえず、三日後の満月の晩は那都巳が手助けしてくれるから、どうにか切り抜けられそうだ。その次の満月の晩までには腕の怪我も治っているだろう。

「――君の肉を食べたら、俺も不老不死になるのかな」

ふいに目を細めて、那都巳が唇の端を吊り上げながら言った。ぞわっと鳥肌が立ち、依頼したのを後悔する。羅刹は目を吊り上げて、戦闘態勢に入った。

「冗談はやめてくれ。子孫かもしれないのは納得できても、そこは納得しかねる」

牙を剝き出しにする羅刹を宥め、櫂は咎めるように言った。

「ははは。じゃあ、準備をして満月の日にまたやってくるよ」

那都巳は笑って、腰を上げる。こんな夜中に呼びつけたので泊っていってもらうつもりだったが、客間にエアコンがないと言うと、無言で玄関の引き戸を開けた。那都巳は都内一等地のタワーマンションに住んでいるそうだ。櫂だって満月の百鬼夜行がなければ、こんな土地売って、どこかのマンションで暮らしたい。

「草太は帰ってこなかったな」

那都巳が去った後も、屋敷の周囲には草太の気配は感じられなかった。本当に見つかるだろうかと一抹の不安を感じつつ、櫂は包帯を擦った。

■七章　百鬼夜行

式神の鳥を使って草太の捜索をしたが、何の手がかりも得られなかった。仕方ないので学校には家庭の事情でしばらく休学すると告げておいた。草太はどこまで行ってしまったのだろう。母親の雪に事情を説明すると、かなりショックを受けていた。一応心当たりを捜してみると言っていたが、心労は相当だろう。そもそも鬼となって人を襲わないよう、櫂に預けたというのに、肝心の櫂の血を舐めて鬼となってしまったのだから立つ瀬がない。

「伊織、退院おめでとう」

明日は満月を控えた日、櫂は千寿と共に坂上病院にいた。腕の怪我もあり、これまで毎日のように来ていたのに、昨日は来られなかった。櫂がいないせいで伊織は機嫌が悪かったと千寿から聞いた。伊織はリハビリのおかげでゆっくりなら独立歩行も可能になり、退院の運びとなった。日常生活も支障はないようだ。今日から千寿の寺に世話になるらしい。

「その怪我はどうした⁉」

伊織は櫂の腕の怪我を見るなり、声を荒らげた。ぎらついた目で櫂の腕を摑もうとし、千寿に止められる。心配なのかと思い、大丈夫だと笑ってみせる。

「ちょっと痛めただけだ」

伊織は千寿を押しのけて櫂の腕を掴み、怪我の具合を見るためか、包帯を解こうとする。慌てて櫂は自分の腕を引き抜いた。

「何してんだよ。伊織？」

見かねて千寿が伊織の肩を掴む。鬱陶しそうに伊織が眉を寄せ、千寿を睨みつけた。これから千寿の寺に世話になるというのに、態度が悪くて不安だ。千寿も言っていたが、記憶が戻らないせいか、伊織は人が変わったみたいに見える。やはり不安なのだろうか。

「伊織、車へ行こう」

荷物を抱えた千寿が伊織を車に連れて行く間に、櫂は退院手続きをとった。長い間、高額の治療費を払い続けてきたが、これで終わりだと思うと、肩の力が抜けた。これまで守銭奴でやってきたが、もう無理に金を稼ぐ必要はないのだ。

（長かったなぁ……。これから家のメンテでもしようかな）

治療費につぎ込んでいた金を、自分に必要なものに回せるなんて、素晴らしい。領収書を受け取ると、すっかり心が晴れやかになって歌いだしたい気分になった。

「ちょっと心配だな。あいつ、お前がいないとすごい機嫌が悪いというか、イライラするんだよな。親父はこれも何かの縁とか言って、伊織に坊主見習いみたいな真似をさせる気らしいけど」

病院を出て、駐車場に向かいながら、千寿が不安そうに言う。怪我をしていなかったら一緒に千寿の寺へ行き、退院祝いでもしたいところだが、満月の前というのもあって、遠慮していた。満月の日に備えて、櫂は一週間くらい前から、精進料理しか口にしていない。羅刹を留守番させたままでは気分が落ち着かないというのもある。

「それになぁ……。何かなぁ……。あいつ、ちょっと変なもん憑いてないか？」

声を潜めて千寿に言われ、櫂はどきりとして足を止めた。

「そう……だったか？」

「うーん。よく分からんが、何か時々……。まぁいいや。寺に行けば、変なもんもすぐ逃げ出すだろ」

千寿は考えるのをやめたみたいに肩をすくめ、車に乗り込んだ。櫂は自分の車で来たので、駐車場でお別れだ。助手席に座っていた伊織は、てっきり櫂も車に乗り込むと思っていたみたいで、険しい顔つきになった。

(何か憑いているか……)

相手に何か憑いているか確かめるには、意識を合わせなければならない。今、この場でやってみようかとも思ったが、まぁいいかと考え直した。もし憑いていたとしても、坊主である千寿が祓ってくれるだろう。千寿が駄目でも、住職である千寿の父親がすぐに見抜くに違いない。

「退院祝いができなくてすまない。落ち着いたら、行くから」

千寿と伊織に声をかけ、櫂は笑顔で去っていく車を見送った。伊織はにこりともしなかった。本当に、以前の伊織とは別人みたいだ。

(生きてるだけでいいじゃないか)

伊織に対する不満が出てきそうだったので、急いで首を振った。六年も意識がなかった上に、記憶がないのだ。伊織を温かい目で見守らなければ。ひょっとしたら何か憑いているせいで、伊織の性格が変わってしまったのかもしれない。いつもならそういうのにいち早く気づく自分が、すっかり見落としていた。そもそも病院内には、この世に未練を残した霊や、死んだことに気づかない霊がたくさんいる。いちいち視ていたらキリがないので、病院に行く際にはそういう回路を閉じていた。

(伊織については視ておくべきだったかもなぁ)

最初は純粋に伊織が復活したのが嬉しかったのに、最近では伊織の執着を感じて、なるべく意識を合わせないようにしていた。何が憑いていたか知らないが、寺に行けば、悪しきものは逃げ出すだろう。

そんなことより、明日は満月だ。家に戻って、心身を整えよう。

櫂は自分の車に乗り込んで、自宅を目指した。置いてきた羅刹の機嫌を直すのが、大変だ。そう思いつつ、羅刹の顔を思い出して、自然と笑みが浮かんだ。一時はどうなることかと思ったが、今は落ち着いて、良好な関係に戻ってきた。あとは草太さえ帰ってきてくれたら――。

（草太はどこへ行ってしまったんだろう。式神で捜せる範囲はせいぜい市内まで。鬼の姿のままなら、山の中にいるはずなんだが）

繁華街や駅の近くといった、人がいる場所で怪異は起きていない。鬼を見たという噂もない。草太は人間社会で過ごしていたから、不用意に姿を見せるとは思えないが……。

山道に車を走らせながら、櫂は草太に思いを馳せていた。

翌日は薄曇りの天気ながら、湿度が高く、蒸し暑い一日だった。

満月の日がやってきて、櫂は井戸の水を浴びて、穢れを払った。伊織の作った精進料理を口にして、不動明王坐像が置かれた部屋に護摩壇の準備をした。護摩壇の四隅には杭が立てられ、結界が張られている。中央には護摩炉があり、その手前には鳥居が立てられている。供物となる水や酒、塩、新鮮な果物と花、米を並べていく。中庭に面した部屋なので、車が停まる音が聞こえて、那都巳がやってきたのが分かった。

玄関に出迎えると、那都巳が大きな風呂敷を抱えて入ってきた。今日は黒い袈裟を着ていて、凜とした立ち姿だ。背後に目隠しをした緋袴姿の式神を二人従えている。

「表に河童がいたんだけど。あれ、からくり箱にいた奴じゃない？」

不思議そうな顔をして那都巳が言う。

「ああ。あまりに哀れなんで見逃してやったら、魚とか持ってくるようになったんだよ」

那都巳から受け取った風呂敷袋を持って、櫂が皮肉っぽく笑う。

「襲いに来たわけじゃないのか」

家に上がり込んだ那都巳は、暑そうに汗を拭っている。居間に通すと、アイスを食べている羅刹が嫌そうに那都巳を見やった。

「圧が強いものを連れてきたな」

羅刹は那都巳が連れてきたものが気になるらしく、アイスを頬張りながら部屋の隅に移動する。那都巳は毘沙門天を同行してきたのだ。魑魅魍魎を退けるために、強そうな存在を伴ったのだろう。

「お供物、有り難くいただくよ」

那都巳が持ってきたものは、野菜や酒、果物といった供物だった。これも供えようと、櫂は部屋に運んだ。ついでに見たいというので、祭壇がある部屋に那都巳を連れて行った。用意された護摩壇を見て、那都巳が頷く。

「うん。ちゃんとしてるね」

同業者に仕事場を見られるのは少し緊張したが、那都巳のお墨付きもいただき、ホッとした。

今日は那都巳がメインになり、耀は補佐という形で読経する。

「いつも何時からやってるの？」

那都巳は縁側に立って、外を見ながら聞いてきた。

「大体七時からだな。夜が明けるまで」

「了解」

那都巳は山のほうに目を向けながら、呟く。那都巳にも、物の怪が山から近づいてくるのが分かるのだろう。

経典や炉の準備を整え、那都巳と共に日が暮れるのを待った。七月の半ばとあって、夕方五時でも空はまだ明るい。六時半に少量の粥を食べて、そろそろ始めようと那都巳が支度を始めた。

「その鬼が危なそうだったら、手伝ってあげて」

那都巳は緋袴姿の式神に、羅刹を指して言う。

「吾を見くびるな。殺すぞ」

羅刹は侮られたと感じたのか、牙を剝き出しにする。那都巳の式神は気にした様子もなく、主人の命に従って縁側に正座して並ぶ。羅刹は縁側から大きく跳躍して、瓦屋根に上った。カラスの声が響く。少しずつ、魔の気配が押し寄せる。

（お手並み拝見といこうか）

櫂は袈裟に着替え、護摩壇の横に腰を据えた。那都巳は護摩壇の前に膝をつくと、不動明王坐像に向かって頭を下げた。手慣れた様子で座布団に座ると、塗香で身を清め、護摩壇や炉を清めていく。

あらゆるものを清めた後、那都巳は炉に火を灯し、厳かに経を唱え始めた。とたんに、ぴしりと空間の次元が変わり、那都巳が呼び出したご本尊である不動明王が姿を現す。

（うわぁ……）

那都巳と共に経を唱えながら、櫂は驚愕していた。自分より力が上だと分かっていたが、加持祈禱(かじきとう)を目の前で見せられると、その違いは歴然としていた。

那都巳が経を唱えると、蓮(はす)の花が咲き誇り、この場が特殊な空間に変わる。不動明王や毘沙門天、天部の神々が現れ、須弥山(しゅみせん)にいるかのようになるのだ。その力は強大で、屋敷の周囲に現れ始めた物の怪たちが尻込みをするのが手に取るように分かる。

（くっそー、悔しいけど……すごい。大阿闍梨(だいあじゃり)クラスじゃないか）

朗々たる那都巳の声は、屋敷中に神気をもたらす。那都巳から吐き出される経が螺旋(らせん)を描いて天に昇るのが感覚として分かるのだ。あまりの神気に居心地が悪くなったのか、羅刹が屋根から逃げ出して、生け垣の外へ飛んでいくのが見えた。

炉に赤々と燃えた炎の熱さと、うだるような気温の高さで、本来なら汗びっしょりになるはずだった。けれど那都巳の加持祈禱は次元を超えていて、櫂はあまりの心地よさに、肉体への感覚が消えていた。

「ノウマクサンマンダ、バサラダンセンダンマカロシャダ、ソハタヤ……」

那都巳の口から慈救呪が紡がれる。

夜の帳が下りるにつれ、生け垣の外に魑魅魍魎が増えていく。羅刹は手当たり次第に物の怪に襲いかかり、その肉を引き裂いている。那都巳が連れてきた式神たちも、薙刀を振り回し、次々と物の怪を倒している。

不動明王の炎をまとった剣が、屋敷の中に入ってこようとする物の怪たちを一瞬にして消していく。行者の力によって、神仏から引き出せるパワーが変わる。あっという間に小物は不動明王の放つ炎で消し炭となった。

那都巳の加持祈禱に見惚れながら、櫂は一心に経を唱えていた。

明け方近くまで、魑魅魍魎は屋敷の周囲でもがいていた。恐ろしいほどの力を見せつけられてもなお、物の怪たちは櫂の血肉を求めて屋敷の中に入ってこようとする。知能の低い物の怪が多く、気のせいか先月より数が増えた気がする。

朝の五時を回り、太陽が完全に姿を現すと、潮が引くように物の怪は去っていった。

徹夜で加持祈禱を行った那都巳は、ご本尊への礼拝を済ませ、ようやく一息ついた。

「うわー。千本ノックをやらされた気分」

さすがに夜通し加持祈禱をしたのは疲れたのか、那都巳は畳に大の字になった。櫂も疲れを感じて足を崩した。父が亡くなって以来、久しぶりに誰かと加持祈禱をした。やはり一人でやるより、ずっとすごい。

「さすがって感じだった。今回は本当に助かった。俺一人だったら、やばかったかもしれない」

櫂は素直にそう言った。以前は安倍晴明（あべのせいめい）の子孫という那都巳に敵対心があったが、格の違いを見せつけられて、そんな気持ちは消え去った。次元が違う。尊敬すべき術者だ。

「マジでこんなに来るんだね。そんなに君の肉は美味そうなのかな。っていうか、こんなすごいのをほぼ毎月やってるなら、もっと腕が上がるんじゃないの？」

伊織が運んできた冷たい麦茶を受け取り、那都巳がさらりと言う。カチンときて、こめかみが引き攣（ひきつ）った。

「お前、絶対友達いないだろ」

すごい加持祈禱を見せられて見直したが、人間としてはやはり好きになれない。

「ははは。それはお互い様だろ」

那都巳は笑って、襟元を崩す。中庭から那都巳の式神が二人、戻ってきた。二人とも、那都巳の前に来て三つ指揃える。

「主様。比丘尼はおりませんでした」

式神たちは尼がいないかどうかも確かめていたらしい。続けて羅刹が戻ってきて、大きくあくびをする。羅刹の着物はぼろぼろで、あちこち切り傷を負っている。無事だったのは嬉しいが、剝き出しの腕や足に深い傷痕が見えて気になった。

「羅刹。怪我の手当てを」

櫂が声をかけると、羅刹が面倒そうに傷ついた腕を舐める。

「舐めときゃ治る」

「いいから、こっち」

嫌がる羅刹を別の部屋へ連れて行き、救急箱を取り出す。怪我した部分を消毒しながら、眠そうな羅刹の横顔を見る。一時は険悪なムードだったせいか、こうして自分のために身体を張って闘っていた羅刹に、胸が熱くなった。

「ありがとうな」

急に礼を言いたくなって、櫂は怪我の手当てをしながら、小声で言った。驚いたように羅刹が振り返り、不思議そうに見つめてくる。

「何となく言いたくなった」

羅刹にまじまじと見つめられ、照れ臭くなってそっぽを向く。すると、羅刹の手が伸びて、無理やり顔を向かされた。

羅刹が貪る(むさぼ)ように燿の唇を食む(は)。ずいぶん久しぶりに羅刹とキスをした気がする。情熱的に噛まれ、舐められ、吐息が交わるほどに唇を吸われた。

「……ん、羅刹……」

徹夜で加持祈禱をしていたので、少し頭がぼうっとしているのかもしれない。羅刹に腰を引き寄せられ、抗うのも面倒になってその肩にもたれかかった。

「お取込み中、悪いけど」

障子が引き開けられ、那都巳が声をかけてくる。燿はびっくりして羅刹を突き飛ばし、真っ赤になって立ち上がった。那都巳に見られただろうか？　徹夜明けのせいで、客がいるのを一瞬忘れた。

「ななな、何だ!?」

いつの間にか崩れていた襟元を直し、燿は不満そうに転がっている羅刹から離れた。鬼とキスしている姿なんて、絶対に同業者に見られたくない。

「俺、もう帰るから」

那都巳はすっかり帰り支度をしていて、シャツにズボンという軽装に変わっている。

「えっ。車の運転をするんだろ？　寝ていかなくていいのか？」

十時間、ぶっ続けで加持祈禱をしたのに、これから車を運転するというのか。いくら那都巳

でも疲労困憊のはずだ。櫂のそんな気持ちを、那都巳は笑い飛ばした。

「俺は冷房の効いた安心できる我が家で休みたい。代わりに俺の式神を一体、置いていっていい？　比丘尼を見つけたら、すぐ分かるように」

那都巳の後ろにいた緋袴姿の式神がぺこりと頭を下げる。

「別に構わないが……。タフだな、本当に大丈夫か？」

櫂は満月の次の日は、ぐったりして一日中寝込んでいるというのに。那都巳はあくびをしているものの、平然とした様子で車を置いている庭に向かう。そこまで見送ろうと、櫂は羅刹を部屋に置いたまま、玄関を出た。

那都巳の愛車はＢＭＷだ。頑丈で洗練されているドイツ車が好きらしい。

「あの鬼が、好きなの？」

後部席に荷物を置き、運転席に乗り込もうとした那都巳が、ふとした様子で聞いてきた。

「好き？」

言っている意味が突拍子もなく聞こえて、櫂は目を丸くした。鬼に好きも嫌いもない。何故そんなことを聞くのかと思い、鬼を房中術で従えているからだと気づいた。

「相手は鬼だぞ」

櫂が苦笑すると、那都巳が呆れたように笑う。

「ふつうの人間は鬼と寝ないよ。まぁそれはともかく、君たちのチャクラは混じり合って、恋人特有の色になってるけど」

　櫂はどきりとして、息を呑んだ。気づかなかった。自分たちのチャクラはそんなふうになっているのか。羅刹に惹かれているのは確かだが、あくまで従属させている立場としての範囲だと思っていた。

「とやかく言う気はないけど、それなりの覚悟はあるんだろうね？　それともどうせ寿命も少ないし、自暴自棄になってるとか？」

　皮肉っぽい笑みを浮かべられ、櫂は答えられずに目を逸らした。那都巳は車に乗り込み、エンジンをかける。

「お疲れ」

　軽く手を振り、那都巳の乗った車が去っていった。

　櫂は頭を掻きながら、家の中に戻った。羅刹は疲れたのか、エアコンの効いた居間で爆睡している。那都巳の置いていった式神は、伊織と共に朝食の支度をしているようだ。

「ちょっとシャワー浴びてくる」

　櫂はそう言って浴室に足を向けた。蒸し暑い日だったから、かなり汗を掻いている。

（恋人特有の色、か……。術のせいなんだけどな）

　那都巳の残した台詞が気になり、落ち着かない気分になった。羅刹との関係に変化が起きているのだろうか。大丈夫だろうかと思う一方で、鏡に映る自分の身体に苦笑が漏れる。ほんの数ヶ月の命しか残っていないのに、そんな心配をしてどうする。最初に羅刹に言った通り、櫂が死ねば羅刹は自由になる。

（だがもし、この呪いが解けたら……）

櫂は肩から胸にかけて黒く淀んだ色の痣に指を這わせた。この呪いが解けたら、自分は羅刹をどうするのだろう。自由にしてやるのか。それともそのまま式神として使役していくのか。呪いを解くために奔走していたが、呪いが解けた後のことはあまり考えていなかった。

軽く首を振り、櫂は浴室を出た。さっぱりして綺麗になった身体に、作務衣を羽織る。

「ん？」

濡れた髪をタオルで乾かしながら、居間に戻ろうとすると、スマホが鳴り出す。着信名は千寿だったので、すぐに出た。

『櫂か？　大変だ。伊織がいなくなった』

開口一番、千寿が困り果てた声を出した。

「いなくなったって……？」

驚いて廊下で立ち止まると、千寿が申し訳なさそうに謝る。

『朝の境内の掃除の最中に、ふっと消えたんだ。もしかしてお前の家に行ったのかも。お前の家の場所、昨夜しつこく聞いてたから。教えてやったら、なんか思い出したとか言ってたんで、もしかしたら記憶が戻ってきたのかも』

伊織は櫂の家に何度か来たことがある。最近伊織は櫂に執心していたから、櫂の家に押しかけてくるのはあり得る話だ。

「まずいな。羅刹と揉めるのは勘弁してくれ」

やっと羅刹との関係が修復されたのに、伊織が来て搔き乱されるのは困る。だが、もし記憶が戻ったのなら、あの夜について聞きたい。

「捜しに行くよ」

櫂は声を潜めて告げ、羅刹にばれないように裏の勝手口から外に出た。うちに来る前に、伊織を見つけて、千寿の寺に連れ戻そう。そう考えながら、屋敷を出て、山道を辿る。千寿の寺から徒歩で来るなら、この道を使うはずだ。

「伊織！」

案の定、五分も歩いていると、山道に伊織の姿が見えた。紺の作務衣姿で、山道を駆けている。もう走れるほどに回復していたのだと安堵する反面、ざわりと背筋が震えた。

伊織に重なる黒い影があった。

今まで気づかなかった。千寿が何か憑いているといったのは本当だ。伊織に物の怪が憑いている。那都巳と夜通し加持祈禱をしていたのもあって、霊力が高まり、伊織に憑いているものがすぐに判別した。

（いつから憑いていた？　病院では回路を閉じていたとしても、どうして今まで気づかなかったのだろう? 霊ではなく、物の怪じゃないか。羅刹とのトラブルで、伊織に意識が向いていなかったせいだろうか?)

伊織に憑いているものが物の怪だとして、病院でとり憑かれたのだろうか?

「伊織、どうしたんだ? 千寿が心配していたぞ」

伊織が近づいてきて、櫂はそ知らぬ風を装って声をかけた。伊織に憑いたものを祓うにしても、この場ではやりづらい。どんな物の怪が憑いているか分からないし、危険なものだったら、こちらにも準備がいる。今、持っているのはスマホくらいで、何の役にも立たない。

「暑いから、うちに寄っていけよ」

このまま屋敷に誘導して、お祓いしようと伊織の背中を軽く叩いた。小物の物の怪なら、それで祓えるはずだった。けれど——櫂は、ぞくっと背筋に震えが走って、思わず伊織から離れた。

「伊織……?」

嫌な予感がして、櫂は距離をとった。伊織に憑いているものが、小物ではないと悟ったのだ。それどころか、この感覚は、いつか、どこかで、出会ったような……。

「櫂、この日を待っていた」

青ざめる櫂に気づかないのか、伊織が素早く近寄って、櫂に抱きついてきた。ぬるりとした気持ち悪い感触を感じて、櫂は伊織を突き飛ばそうとした。だが、それよりも早く伊織が首筋に唇を寄せて、吸いついてくる。ふざけているのかと、引き剝がそうとした櫂は、強い力で羽交い絞めにされて、悲鳴を上げた。

——首が。

「な、何……、う、あ、あ……っ‼　うぐっ」

信じられないことに、伊織は恐ろしい力で櫂の首筋を嚙み切った。首から血が噴き出し、突き飛ばした伊織の口が真っ赤になっている。これは前にも見た光景だ。既視感を覚えて、頭が混乱する。

「櫂……。やぁあ……っと、二人きりになれたな。いや、こう呼ぼうか。せ、ん、せ、い」

伊織の口から低くしゃがれた声が漏れる。目の前にいる男の顔がわずかに変形して、まるで見知らぬ男の顔に見えた。重なり合っていた黒い影が徐々にはっきりして、脱皮するように伊織から抜け出てきた。

「お、まえ……は」

櫂は突然のことに絶句して、後ずさりした。伊織から抜け出てきた黒い影が形を作る。伊織の身体が地面に倒れ、代わりに目の前には長い尾を持つ物の怪が姿を見せた。

『とり憑いた身体が上手く動かせなくて、時間がかかった。久しぶりのお前の肉は美味いなぁ……。もっと喰わせてくれ』

巨大な大蛇がにたりと笑って言った。見覚えがあるはずだ。六年前、伊織に憑依(ひょうい)して櫂を襲った大蛇の魔物だ。長い間、櫂が捜し続けていた物の怪が、とうとう姿を見せたのだ。よりによってこのタイミングで。何の準備もできていない、今――。

「く……っ、青龍、白虎、朱雀……」

こいつを退治しなければと、櫂は九字を切って対抗しようとした。けれどそれをさせまいと、大蛇の魔物が飛びかかってきて、櫂の腕に喰らいつこうとする。慌てて蹴りをお見舞いして、その場から駆けだす。

（やばい、やばい）

長年探していた大蛇の魔物が向こうから来てくれた千載一遇のチャンスなのに、闘う武器を持っていない。こんなことなら常に霊符を携帯しておくんだったと、死ぬほど後悔した。しかも、首に嚙みつかれたせいで、血が止まらない。手で押さえながら走っているが、指の間から血がしたたり落ちて、腕や作務衣が血で染まっていく。

『待て』

大蛇の魔物はものすごいスピードで襲ってくる。再び嚙まれそうになった時、白い狛犬が二頭飛び出してきて、大蛇に嚙みついた。櫂が身につけていた狛犬の式神だ。櫂の身の危険を察して、大蛇の魔物の身体にそれぞれ牙を立てている。

『邪魔だ』

大蛇の魔物は身をくねらせ、あっという間に狛犬の式神を嚙み切った。式神たちは、千切れた紙に戻り、ひらひらと地面に舞う。

（このままじゃ追いつかれるのは時間の問題だ。印を結ぶ暇さえない）

櫂は屋敷を目指して、必死に駆けていた。屋敷には結界が張ってあるので、魔物である大蛇は入ってこられない。伊織に再びとり憑いたら入ってこられるが、それだけの時間があれば、立ち向かう準備ができる。

あと少しで屋敷につく、と思った刹那、大蛇の魔物の牙が櫂の太ももに深く突き刺さった。

「うあああ……っ‼」

銜えられたまま後ろに引っ張られ、櫂は地面に叩きつけられた。しこたま頭を打ち、くらくらと眩暈がする。草の匂いが鼻につんとつく。櫂は草むらに、転がされた。大蛇の魔物はすかさず櫂の太ももに飛びかかって来る。

『おお、美味い、美味い……』

噛みついた太ももから櫂の血を吸い、大蛇の魔物が恍惚と呟く。

「羅刹！　助けてくれ！　羅刹！」

まだ屋敷には距離があるが、藁にもすがる思いで櫂は叫んだ。ここから櫂の声は聞こえるだろうかと考え、すぐに己の失態に気づいた。

（駄目だ、屋敷には結界が張ってある！　羅刹を屋敷の外に出さないための）

羅刹は結界がある限り、外に出られないのだ。最悪だ、と櫂は絶望的になった。やっぱり自分でどうにかするしかない。何で自分は無防備な姿で外に出てしまったのだろうと、後悔ばかりが押し寄せた。腕を怪我しているのだから、もっと用心をすべきだった。

櫂は朦朧とする意識の中、指で『妙』という字を書いた。

「妙法蓮華経頭破七分……もし我が呪に従わずして、説法者を悩乱せば、頭破れて七分となすこと……」

呪文を繰り返すと、強い力が大蛇の魔物に伸し掛かってきた。櫂の太ももに牙を立てていた大蛇の魔物の口が、反射的にぱっかりと開き、何かに弾かれたように引っくり返る。弱い魔物なら頭が爆発するような術だ。自由になった足を押さえ、櫂は今のうちにと大蛇の魔物から離れようとした。けれど足が痛くて、数歩歩いた段階でまた地面に崩れてしまう。

『ほうほう。あの頃よりは強くなっているようだ……』

大蛇の魔物が目を光らせてにじり寄ってくる。強力な呪術だったにも拘らず、大蛇の魔物は鎌首をもたげて、再び櫂を襲おうとしてきた。もう駄目かと絶望した矢先、目の前にいた大蛇の魔物が横にふっ飛ばされた。びっくりして目を見開くと、大蛇の魔物の身体に大きな鬼が飛び乗っていた。

「貴様！　吾の獲物ぞ！」

羅刹が、大声で大蛇の魔物に摑みかかっていた。

（え？　どうやって、ここまで来たんだ⁉）

櫂は驚きのあまり、ぽかんとした。だがすぐにその理由は分かった。羅刹は全身焼けただれていて、雷に打たれたみたいにあちこちで火花が散っていた。赤い毛は四方に摩擦を起こし、着物は焦げ、かろうじて立っているが、ぼろぼろだ。——羅刹は屋敷の結界を無理やり破壊し、櫂を助けに来たのだ。

「羅刹……っ」

櫂はふらつきながら、大蛇の魔物の攻撃を躱す羅刹を見上げた。

「お前は邪魔だ、どこかへ行け！」

羅刹がらんらんと光る眼で、大蛇の身体を掴んだ。羅刹は辺り一帯に流れる櫂の血の匂いに興奮したように咆哮を上げ、荒い息遣いで大蛇を地面に叩きつけた。長い尾を鋭い爪で引き裂く。大蛇の魔物は身体をうねらせ、羅刹の腕を払いのける。

「危ない……っ」

助けが来たと安堵したのも束の間、大蛇の魔物は羅刹の脇腹に噛みつき、素早く長い身体を羅刹に巻きつける。

『鬼が何故、邪魔をする？　獲物を横取りしたいのか？』

大蛇の魔物は羅刹の全身に尾を巻きつけ、ぎりぎりと締めつける。羅刹の肌が赤くなり、きつく締めつけられているのか、息を喘がせる。ぼきぼきと羅刹の身体のどこかの骨が折れる音が聞こえた。苦しそうで見ていられない。万全の体調なら、大蛇に負けるはずはないのに。

『貴様、この陰陽師に縛られているのか。ならば共にこの陰陽師の肉を喰えばいい。自由になれるぞ』

大蛇の魔物は櫂と羅刹を見比べて、ほくそ笑むように唆した。ハッとしたように羅刹の抵抗する動きが止まり、倒れている櫂を見つめる。

（やばい）

首から流れる血を押さえながら、櫂は鼓動を速めた。

羅刹の助けが来たと喜んだのに、大蛇の魔物の甘言でピンチに気づいてしまったのだ。このままここで櫂が死ねば、羅刹は自由になれるのだ。羅刹と大蛇の魔物が共闘すれば、櫂は一瞬でお陀仏だ。

「俺を喰っていいのはお前だけだろ……っ」

櫂は息を荒らげて、絞り出すように声を吐き出した。足と首からの血が止まらない。出血が多くて、頭がくらくらしてきた。羅刹がどう出るか分からない。けれど一つだけ、強く感じていた。羅刹に喰われるのは仕方ないが、六年前に襲ってきたあの大蛇の魔物には二度と喰われたくなかった。必死で探し続けたのに、二度も負けるなんて、絶対に嫌だ。

「馬鹿な……話だ」

大蛇の魔物に身体を巻きつけられ、苦しげな息遣いで羅刹が歯ぎしりした。そのたくましい腕が大蛇の魔物の胴体を摑んだ。そして全身の力を込めて、巻きついた大蛇の身体を引き千切

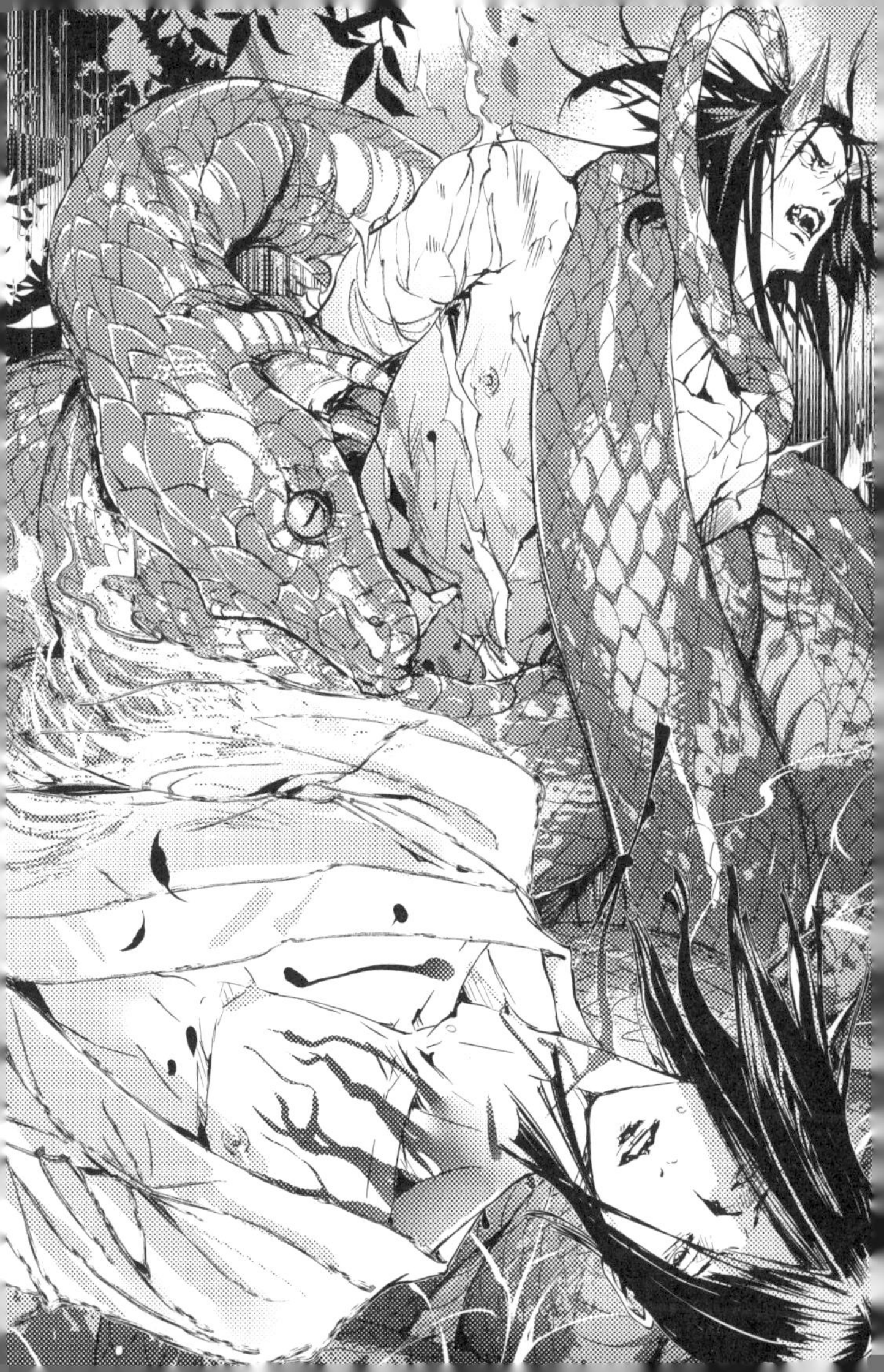

る。

『うぐ……っ、が……ッ』

身体を裂かれ、大蛇の魔物がたまらずに羅刹から飛びのいた。羅刹は自由になると、大蛇の魔物の尾をむんずと摑み、何度も地面に叩きつけた。そして荒々しい息遣いのまま、大蛇の魔物の口に両手を突っ込み、上顎（うわあご）と下顎を力のままに引き裂いた。

『ぎゃあああ……ッ‼』

大蛇の断末魔の悲鳴が起こり、二つに引き裂かれた大蛇はのたうち回って、聞くもおぞましい声を上げた。その動きが徐々に小さくなり、やがて弱々しく地面にくたりとなった。すると太陽の光に当てられ、大蛇の魔物の身体がみるみるうちに焼け焦げていく。

「やった、の、か……」

櫂はしわがれた声で消えていく大蛇の魔物に視線を向けた。長年探し続けた魔物を、羅刹が倒してくれたのか。喜びと安堵、それから強烈な痛みに悲鳴がこぼれた。

「う、うう……」

首も太ももも、痛くて、痛くて、たまらない。あの魔物の牙には毒があったのだろうか。目がかすんできて、身動きがとれない。

「羅刹……」

ふっと黒い影を感じて櫂はおぼろげに羅刹の気配を感じた。このまま放置されたら死ぬかもしれない。そうしたら羅刹は自由になれる。そう思った矢先、羅刹が血を流す太ももに喰らいつくのが分かった。血をすする音がして、ああ、このまま羅刹に喰われるのかと覚悟した。

羅刹にとって、自分は最上級の御馳走だ。助けてもらった代わりに、いさぎよく受け入れよう。

「羅刹……俺……以外、喰う、なよ……」

必死に羅刹の顔を見ようとするが、視界がどんどん狭まって、暗くなっていく。羅刹がどんな顔で自分を食べているか分からない。そう思った時、身体が持ち上がる感覚があった。

「血の匂いで……、頭がおかしくなりそうだ」

羅刹の上擦った声と共に、どこかに運ばれるのが分かった。後はもう何も覚えていない。

目覚めた時、櫂は見覚えのある病院のベッドに寝かされていた。左腕から管が伸びて、点滴を受けている。消毒液の匂い。かすかな人の声。頭に半分霞がかかったようで、記憶がはっきりしない。

「氷室さん、意識が戻りましたか？　今、先生をお呼びしますね」

ぼんやりと頭を動かすと、看護師の山田が覗き込んでいた。訳が分からなくて瞬きをしたとたん、近くに立っていた羅刹と目が合った。羅刹は人間の姿で、ぼろぼろになった作務衣を着ている。

「俺……」

どうなったんだ、と言いかけて、大蛇の魔物に襲われたのを思い出した。身体を動かそうとして、ずきんと痛みが響く。咽（のど）も足も、腕も痛い。じんじんとした痛みに襲われ、呻（うめ）き声を上げた。

「氷室さん、気分はどうですか？」

白衣を着た医師がやってきて、櫂の様子を観察する。状況を知らされていくうちに、どうして自分がここにいるかようやく理解した。

ここは坂上病院で、櫂は四人部屋のベッドに寝かされていた。首と太ももには処置をした痕がある。明らかに動物の牙らしきもので嚙まれた痕のせいで、どんな動物にやられたのかとしつこく聞かれた。熊に襲われたのかと疑っているようだ。まさか大蛇の魔物とは言えないので、記憶がおぼろげで覚えていないと繰り返した。大怪我を負ったものの、傷口は縫い合わせてあるので、点滴が終わったら、退院して自宅療養でも構わないと言われた。

「それにしても、びっくりしましたよぉ。彼が氷室さんを運んで来た時は」

山田が笑いながら所在無げに突っ立っている羅刹を見る。

「血だらけの氷室さん抱えて、私のこと探してて。すごい形相で、助けてくれって。私、医者じゃないんだけど。っていうか彼も火傷した痕があって、処置しようとしたんだけど嫌がられちゃって」

山田は苦笑して言う。どうやら羅刹は意識を失った櫂を抱えて、この病院までやってきたらしい。一応人間に変化する理性はあったようだ。羅刹はまだ人間社会について理解が浅く、ここが病気や怪我を治す場所というのは理解できているが、誰がどんな立場の人間かまでは理解できていない。それでも必死に櫂を助けようとしてくれたのは、よく分かった。自分だってぼろぼろだったのに、櫂の命を優先させた。

「羅刹。ありがとう」

医師たちがいなくなると、櫂は羅刹の手を握って言った。

正直、あのまま喰われても仕方ないと思っていたので、羅刹に助けられたのは意外だった。こんなに必死になって櫂を助けてくれたなんて、信じられない。結界を破って、満身創痍だろうに……。

羅刹は置いてあった椅子に座り、櫂の手をぎゅっと握った。

「でも何で？　俺を殺せば、自由になれたのに」

「分からない。お前を喰って自由になろうと思ったのだが……」

羅刹は櫂に顔を寄せて、囁く。羅刹の吐息が頬にかかり、額と額がくっつけられる。羅刹は櫂が生きているのを確かめるように、頬に触れた。

「あの時、俺は屋敷で寝ていて、お前の血の匂いと、助けを呼ぶ声に目を覚ました……、気づいたら頭がカーッと熱くなって、結界を破壊して外に飛び出していた。お前が倒れているのを見て……、その後はよく覚えていない。怒りと訳の分からない感情に突き動かされて、お前をここに運んでいた」

羅刹は思い出すように、ぽつぽつと話した。結界を破る際には、那都巳の式神が手を貸してくれたそうだ。

「吾は……自由になることより、お前が動かなくなるのが、嫌だった」

耳朶(じだ)を指で撫(な)で、羅刹が呟く。

ふいに胸の鼓動が速まり、自然と身体が熱を帯びた。羅刹の感情が流れ込んできたみたいに、吐息が震える。

「そうか……」

羅刹が抱いた感情は嘘だ、と頭の隅では思っていた。櫂がかけた術が効いているせいで、そんなふうに思ったのだと。だが、そう思う一方で、無性に羅刹が愛しくなっている自分がいるのも確かだった。

これはやばい。鬼にほだされている。鬼からの偽の愛情を注がれて、心が満たされている。

「羅刹……」

もっと羅刹と密着したくなって、櫂は羅刹の首に左腕を回そうとした。けれど点滴の管が邪魔で、動かせない。それを見越したように羅刹の手が背中に回り、身を寄せて櫂の唇を吸ってくる。触れ合う唇の熱さに眩暈がして、絡まる吐息に、鼓動が激しくなった。羅刹の手は櫂の髪を掻き乱し、深く唇が重なってくる。すごく気持ちがいい。ずっと、こうして口づけていたい。

「嬉しい……」

無意識のうちにそう呟いていて、何度も羅刹の唇を吸っていた。羅刹も深く唇を重ね、興奮した息遣いで見つめてくる。羅刹の太い腕が背中に回ってきて、うなじを抱き寄せるようなしぐさをした。

そのとたん羅刹は、首に巻かれた包帯に気づき、ハッとして身体を引いた。

「人の身体はもろいな……」

まるで自分が怪我を負ったかのように、羅刹がそっと首を撫でる。櫂が唇を寄せると、引き寄せられたように櫂の唇を吸い、優しく抱きしめてくる。怪我をしているから、力をかけないようにしているのだろう。ありえない、あの羅刹が。他人を労(いたわ)っている。

「残念。ここじゃ、これ以上できない……」

櫂は苦笑して囁いた。羅刹と口づけを続けていると、裸になって身体を重ねたくなってきたが、病院の四人部屋ではそういうわけにもいかない。そもそもこの怪我では、激しい運動はできないだろう。

「そうだ、もしかして俺の呪いは解けたんじゃないか⁉」

肝心なことに気づいて、櫂は目を輝かせて着ていた作務衣の襟元をはだけた。櫂に呪いをかけた魔物を退治したのだ。櫂の寿命を縮ませていた呪いも解けているはずだ。そう思い、期待して自分の身体を見たが——。

「嘘……何で……?」

肩から心臓にかけて広がった黒い染みは、相変わらずそこにあった。鏡がないので全体像は見えないが、色は多少薄くなったものの、依然、残っている。

「畜生……っ、何故だ?」

櫂は憤りを感じて、自分の肌に爪を立てた。魔物を倒しただけでは呪いは解けないのか。忌々しい。まだ自分を苦しめるなんて。

「クソ……ッ」

髪を掻きむしり、シーツを乱して櫂は絶望に打ちひしがれた。羅刹は難しい顔つきで櫂を黙って見ている。期待しただけに、落胆は激しく、しばらく立ち直れそうになかった。シーツに倒れ込むと、顔を覆って、気持ちを鎮めるしかなかった。

気分が落ち着くと、櫂も羅刹も何も持っていないと気づき、千寿に連絡を入れることにした。呪いが解けなかった件についてはかなり失望したが、ここで落ち込み続けていても仕方ない。それに落ち込むなら家で落ち込みたい。ここは金のかかるホテルのようなものだ。とっとと支払いを済ませて、出ていきたい。

「氷室さん入りますね。点滴、終わりましたか」

看護師の山田がカーテンを引きながら入ってくる。腕についた管をとってもらうと、櫂は電話をしたいので小銭を借りられないかと尋ねた。事務局に行けば貸してもらえるというので、電話をかけに行くことにした。

「羅刹、足が痛くて動けない。おぶってくれ」

医師から二、三日安静にするよう言われていたので、櫂は手を伸ばして羅刹に言った。

「あ、松葉杖持ってきましょうか？」

「いえ、けっこうです」

軽々と羅刹に背負われ、櫂は笑顔で断った。レンタル代がかかるのが嫌だったのだ。羅刹に運んでもらえば楽ちんだ。少々人の目を引くし、くすくす笑われたが、これだけあちこち包帯を巻いていれば、怪我人だと分かるだろう。

羅刹を誘導し、事務局で小銭を借りて、公衆電話から千寿の寺に連絡した。

『櫂、どうだった……って、え!?　病院!?』

伊織を捜していた千寿は、櫂が事情を話すと仰天した。

「申し訳ないが、うちに行って、俺の財布をとってきてくれないか？　バッグごと持ってきてくれると助かる。家の中に伊織がいるから。ああ、式神のほうの伊織。本物の伊織は俺の家の近くで倒れているはずだ。頼む」

伊織に憑いていた魔物に襲われたという話は、長くなるので割愛しておいた。魔物が抜けた後、伊織は倒れてしまったので、その後どうなったか分からない。あれから数時間経っているし、意識を取り戻したかもしれない。あるいは誰かに助けられた可能性もある。炎天下の中、ずっと倒れていたら熱中症になるので心配だ。羅刹は櫂以外のことはぜんぜん覚えていないと言っている。

夕方には、千寿がバッグを持って病院に来てくれた。少し疲れた顔をしている。作務衣も汚れているし、車で来たようだが、汗びっしょりだ。

「お前の言っていた場所に、伊織はいなかった。どこへ行ってしまったんだろう。っていうか、ひょっとして、意識を取り戻してからずっと、その……魔物が憑いてたってわけか？」

病室で細かい事情を話すと、千寿が恐ろしげに聞く。

櫂も沈痛な面持ちで髪を掻き上げた。

「俺もぼけぼけだったから、よく分からないが……その可能性は高い。中身が魔物だったなら、記憶がないのも当然だよな。俺と二人きりになりたがったのは、俺を襲うためだろう。性格変わったなーとか思ってたけど、長い間意識がないせいだと決めつけていたのがまずかったな。お前が何か憑いているって言った時、もっと探るべきだった。反省している」

考えてみればおかしな点は多かった。馬鹿な思い込みのせいで、無駄な時間を費やしたものだ。あの魔物は本来なら、すぐにでも櫂を襲う気だったのだろう。けれど乗り移った身体がリハビリの必要な身体だったので、仕方なく伊織の振りをしていたのだ。今思えば、意識を取り戻した伊織に対して、自分はどこか他人行儀だった。それは伊織の中身が偽物だったせいかもしれない。

「六年ぶりに意識が戻ったのは、魔物が憑依したからだっていうのか？　だったら、魔物を退治した時点でまた意識不明の状態になるはずだろ？　山道にもお前の家の近くにも誰もいなかったし、市役所や警察にも聞いたけど、保護した人は誰もいないと言っていたぞ。伊織はどこへ……？」

千寿は困惑した様子で腕を組む。

「そうだ、それに——櫂。捜していた魔物を退治したんだろ？　呪いは解けたのか⁉」

ハッとしたように千寿が腰を浮かす。

櫂は大きくため息をこぼして、黙り込んだ。櫂の表情で駄目だったと察したのだろう。千寿が「……そうか」とうなだれる。

「魔物を倒しても、俺の呪いは解けていないいんだ。どうしてなんだろう？　その理由を解き明かさなくては」

ぐしゃりと髪を掻き乱し、櫂は吐き捨てた。

一体何が足りないのだろうか？　呪いは大蛇の魔物と共に消え去るはずだったのに。

「とりあえず、ここを出よう。千寿、悪いけどうちまで送ってくれ」

羅刹の手を借りてベッドから起き上がると、櫂は帰り支度を始めた。病院の受付カウンターで医療費を支払い、羅刹に抱えられて坂上病院を出る。この病院には世話になりっぱなしだ。帰り際に松葉杖が無償と聞き、だったら借りたのにとショックを受けた。どうもけちな性分が身についてしまって困る。

「おい、ところで……あの鬼がお前をここに連れてきたのか？」

駐車場に停めていた車に乗り込んだ千寿は、後部席にいる羅刹を指差して、怪訝（けげん）そうに聞く。

「ああ。そうだよ。命の恩人だ」

助手席に座った櫂が笑顔で言うと、千寿が目を丸くする。

「どうやって？　けっこう、距離あるだろ？　ってか、後ろに置いといて平気なんだな？　いきなり後ろから俺の首、絞めてこないよな？」

千寿はまだ羅刹が信用できないらしく、こそこそと櫂に尋ねてくる。羅刹は後部席で初めて乗る車に興味津々だ。

「坊主は好かぬが、お前は見逃すことにした。役に立ちそうだしな」

千寿の話が聞こえたらしく、羅刹が笑う。千寿が顔を引き攣らせた。

「櫂の血を呑んだせいか？　あそこからここまでひとっとびで来れたぞ。ところで櫂」

背もたれの間から顔を覗かせ、羅刹が真面目な顔つきになる。そういえば櫂とセックスした後、調子がいいと言って丹波まで往復したこともあった。あの時は何も思わなかったが、まさか八百比丘尼の子孫という櫂の血肉には、力を強める効果でもあるのか。

「何だ？」

「霊体化できなくなった」

さらりと言われて、櫂はきょとんとした。羅刹は車が動き出すと、窓に張りついて景色を見ている。霊体化……できなくなった？

「どういうことだ？　自由に姿を消せないのか？」

鬼である羅刹は、基本的に人の姿に変化していない時は、一般人には視えない。陰陽師や霊感のある人間なら分かるが、鬼の姿をしている時は幽霊に近い存在だ。

「吾にも分からん。鬼の姿でお前を運んでいる途中、何人もの人間に見られて、騒ぎになった。仕方ないから人の姿に化けて、ここまで走ってきたのだ」

櫂は呆気に取られて、後ろを振り返った。

「た、大変じゃないか！」

どういうことだかさっぱりだが、羅刹の身体に変化が起きた。本当に自分の血のせいかもしれない。

「人前で鬼の姿になるのは控えねばならぬな」

羅刹は他人事みたいにしゃべっている。運転席で聞いている千寿は、不安そうな瞳だ。

(それはいいことなのか、悪いことなのか)

ざわざわと胸騒ぎがする。ただでさえ、満月の百鬼夜行を終えてへとへとだったのに、伊織は消え、羅刹は身体が変化して、草太は行方不明のままだ。

千寿の車に乗って、すっかり暗くなった道をひた走る。何がどうなっているのだろうと櫂は、家路を辿る間、考え続けていた。

八章　ブラックボックス

土井伊織は、人を殺したことがある。

伊織にとって幸せだった家庭の記憶は、小学四年生で終わっている。その頃までは休日になると、父母と一緒に遊びに出かけたり、誕生日やクリスマスを家族で過ごしたりと、ごくふつうの家庭だった。そういうささやかだけれど幸せだった時間が減り始めたのは、伊織が小学五年生に上がった頃だ。

後から分かったのだが、この頃から父は会社の女性と不倫し、母をないがしろにするようになった。母は浮気を許せる性格ではなかったので、父母は離婚した。伊織は母に引き取られることになり、シングルマザーとなった母は祖母が一人で住んでいる実家へ戻った。

祖母はプライドの高い人で、世間体を何よりも重んじる人だった。祖父はすでに他界し、祖母に意見する人が誰もいなかったのも含め、一家の大黒柱は祖母になった。祖母は離婚した母を、我慢が足りない、お前の魅力がなかったせいだと毎晩のように責め立てた。母はそのたびに心を疲弊させ、沈んでいった。祖母にとって出戻りというのはたいそうな恥だったらしく、以前はあれほど優しかったのに、まるで別人のように母につらく当たった。

祖母の家での暮らしが始まり、母は働き始めた。母は大学を卒業した後すぐに結婚したので、社会経験がほとんどなく、おまけに社交的とはいえない性格をしていたので、職場でもトラブルを抱えているようだった。

「あの人が悪いのに、なんで私がこんな目に遭うの……」

母は伊織と二人になると、そんなふうに愚痴をこぼした。祖母への不満、父への憎しみ、職場の人間への憤り、母は鬱屈した思いを多く抱えていた。伊織は母が好きだったので、そんな母を慰め、愚痴に同調した。

母が祖母の悪口を言えば、伊織も悪口を言い、母が父への恨み言を述べれば、伊織もあんな奴は父親じゃないと言い、母が職場の人間を悪し様にののしれば、お母さんは悪くないよと慰めた。

子どもにとって親の愛情というのは重要だ。それを失えば命の危険にも関わるからだ。伊織はこの頃、心底母を好きだと思い、守りたいと思っていた。けれど、それは子ども特有の捨てられたくない気持ちの裏返しだったのかもしれない。

中学生になったばかりの五月――その日は朝から頭が痛くて、身体が重かった。学校に行ったものの具合が悪くなり、医務室に行って熱を測ると三十七度を超えていた。伊織は風邪と診断され、早退した。

自宅でテレビを見ていた祖母は、早退してきた伊織に自分も調子が悪いとこぼしていた。母には厳しかった祖母だが、孫である伊織には優しく、伊織のために二階の部屋に布団を敷いてくれた。

伊織はだるい身体を厭い、早々に布団に入った。会社に行っている母にはメールで早退したと伝え、祖母がいるから大丈夫とつけ足した。

眠りに落ちて数時間が経った頃だ。

どこからか悪魔のような恐ろしい声がして、伊織は目覚めた。声は階下から途切れ途切れに続いている。薄気味悪さを感じつつ、伊織は声の主が祖母ではないかと思い当たり布団から這い出した。

階段を静かに下りて階下の様子を窺った。

廊下に、祖母が倒れていた。

苦しげに咽をかきむしり、階段に向かって助けを求めるように片方の手を伸ばしている。祖母に何か起きたのは一目瞭然だった。頭の隅では救急車を呼ばなければというのは分かっていた。けれど伊織はみじろぎもせずに、階段から祖母を観察していた。

ひゅーひゅーとかすれた息遣い、苦しみに悶える形相、痙攣する身体。老いた身体が終焉に向かっているのを、ただじっと見ていた。祖母は伊織がいるのに気づいたようだが、何もしないことに恐怖を感じたのか、あるいは錯乱していたのか、数度身体をばたつかせた。

ドラマやホラー映画で人の死を何度も見ているが、現実の死はそのどれよりも静かで、迫力があった。伊織は一瞬でも見逃すまいと祖母の死を見守った。

何故、と聞かれたら、祖母にこれ以上生きていてほしくなかったとしか言いようがない。祖母がいなければ、母の愚痴は減り、昔の優しい母に戻ってくれると思った。家の中でも肩身の狭い思いをしなくてすむし、祖母の遺産があればひょっとして行きたくない会社だって辞められるかもしれない。祖母がいなければ、万事うまくいく。

伊織は単純にそう考えていた。

一時間くらい階段でずっと祖母の横たわった身体を見ていた時だ。急に祖母の全身から力が抜け、それまでとはまったく違った空気を発した。死んだのだと直感し、そこで初めて伊織は動揺して身体を震わせた。おそるおそる階段を下りて祖母に近づき、その身体を揺らした。反応はなく、心なしか祖母の身体が硬くなったように感じた。

伊織はそのまま二階の自分の部屋に戻った。

自分は二階で寝ていて、祖母の異変に気づかなかったことにしようと、再び布団に潜った。目を閉じると祖母の最期の様子が思い出され、興奮して寝つけなかった。自分の中の闇の部分を開いてしまったようで、何ともいえない高揚感があった。人の死、しかも自分に近しい人の死がこれほど衝撃的とは知らなかったのだ。

一時間ほど布団に横たわっていた伊織は、寝るのを諦(あきら)め、再び部屋を出た。もしかしたら祖母が生き返っているかもしれないと考えたが、一時間経っても、祖母は同じ場所で倒れていた。伊織は一階に下りると、携帯電話で母に連絡をとった。

「おばあちゃんが倒れている」

伊織がそう告げると、電話に出た母は動転して、すぐに救急車を呼べと声を荒らげた。母の動揺に伊織は驚き、言われるままに救急車を呼んだ。すぐに救急車がやってきて、男性二人が祖母の状態を診た。

「これは……もう。君一人？　大人の人は？」

救急隊員は祖母が死んでいるのを確認して、憐れむように伊織に聞いた。伊織がパジャマ姿だったので、具合が悪いのではと察しているようだった。伊織は母は会社で、自分は風邪を引いて二階で寝ていて祖母の様子に気付かなかったと答えた。深く問い詰められたら素直に白状する気だったが、救急隊員は伊織の話を信じた。実際、伊織の顔は熱くて、熱を測ると三十八度になっていた。

「おばあちゃんは亡くなっているから、救急車には乗せられない。この先は警察の人に任せるしかないんだ」

救急隊員の人は優しく伊織にそう語った。遺体はそのままにしておくように言われ、伊織はよく分からないなりに頷いた。続けて警察の人が現れ、ようやく母が帰ってきた。

母は祖母の遺体を目の当たりにして、声を上げて泣き出した。

伊織はその様子にひどく面食らった。いつも祖母の悪口を言っていたくせに、何故泣くのだろう。喜べばいいのに。嘘泣きだろうか？　警察の手前、実母を亡くした哀れな女性を演じているのだろうか。

警察の調査や、医師の診断、それらはすみやかに行われた。祖母は持病を持っていたらしく、心臓発作で亡くなったらしい。さすがに刑事には伊織が見殺しにしたのはばれるのではと思ったが、簡単な聞き取り調査だけで伊織は解放された。誰も疑わなかった。むしろ母も、近所の人も、葬儀屋の人も、伊織に「大変だったね。落ち込んじゃ駄目だよ」と慰めてきたくらいだ。

そんなもんなんだ、というのが伊織の素直な感想だ。

伊織がした行為は誰にも咎められず、知られることもない。あの時すぐに救急車を呼べば助かったはずなのに――。

（俺はおばあちゃんを殺したんだ）

内心そう思うと、心がざわざわするような、それでいて興奮するような、不思議な感覚が湧いた。あの時の感覚を覚えていようと、伊織は祖母が亡くなった時に頭につけていた髪飾りを形見分けでもらった。その髪飾りをいらなくなった空き箱にしまい、大切に棚の上に置いておいた。

祖母の葬儀が終わり、日常生活が戻り始めると、良い出来事が起きた。祖母の遺産が入り、伊織はサッカー部に入れるようになったのだ。それまでは母の少ない収入では部活動は無理と言われ、ひそかに土手でサッカーボールを蹴るしかなかった。伊織はサッカー部に入ると同じ部の友人と親しくなり、めきめきと明るさを取り戻した。

ひどく奇妙な話だが、祖母を見殺しにしたことが、伊織に自信を与えていた。誰にも明かせないが、クラスの誰よりも自分は大人だと感じていた。だから誰に対しても優しく振る舞えたし、何を言われても怒ることはなかった。

中学二年生になった時に、伊織はクラスの中で浮いている生徒を見つけた。

氷室櫂という綺麗な顔の少年。遊びに誘ってもそっけなく断り、誰ともつるまずに一人でいるのを良しとしている。彼を見た瞬間、ぴんときた。同類だ、と。

櫂の持つ独特な空気は、自分にしか理解できない闇の部分を抱えていて、伊織はすぐにでも彼と仲良くなりたいと願った。彼になら自分の中の暗い部分、一線を越えてしまった邪心を明かせるかもしれないと思ったのだ。だから熱心に彼に話しかけ、彼と近しくなった。

初めて彼を家に招いた日の記憶は、強く印象に残っている。

伊織は親しい友人は多いが、家に招くのはつき合っている彼女だけだ。櫂と仲良くなれた高揚感でいっぱいだった伊織は、櫂とどんな話をしようかと心を浮き立たせていた。櫂は伊織の部屋が簡素だと驚きながらぐるりと見回し、タンスの上に目を向けた。

「これ……何？」

その時の、心臓を射貫かれたような衝撃。

燿は真っ先に伊織のブラックボックスを見つけた。祖母の形見を入れた空き箱を指差し、わずかに眉根を寄せたのだ。

隠していても悪事はばれるとか、おてんとうさまは見ているとか、そう思ったわけではない。やっぱり燿には、自分の中にある重要な部分が分かるのだという愉悦に近い感情だった。もちろん今、燿に真実を明かすつもりはなかった。まだ早い。自分というものをすべて知り尽くしてからでないと、そのブラックボックスの正体は明かせない。

「変な奴だな。何でそんなん気にするの？　一番触れられたくないものを見つけるとか、お前どういう勘の良さだよ」

表向きは、伊織は明るい声でそう言った。わずかに動揺していたので、それを隠す意味合いもあり、燿にゲームをしようと促し、部屋を出た。

（彼ともっと仲良くなりたい。もっと近く……）

内心では叫び出したくなるような興奮を抱えていた。燿には謎がある。自分には見せてくれないが、何か素性を隠している。その秘密を早く暴きたいと思いながら、伊織は燿との仲を深めていった。

燿と同じ高校へ行きたいという気持ちはあったが、学力の差がそれを許してくれなかった。燿は進学校へ進み、伊織は地元の高校へ進んだ。燿との関係を続けたかった伊織は、折に触れ燿に連絡をとり、交流を持った。だが燿は少しずつ伊織と会うのを避けるようになり、高校三年生になると着信も拒否されるようになった。

燿が自分から離れていくという苛立ちが、伊織をすさませた。学校もサボるようになり、素行の悪い連中とつるむようになった。もともと中学校では明るいキャラを演じていたにすぎない。満たされない思いを抱え、夜の街をうろつくようになった。どうせ家に帰っても母の愚痴を聞かされるだけだ。祖母が死んでしばらく止んでいた愚痴は、数ヶ月もすると再び伊織に浴びせられた。結局母は、常に不満を抱えて生きていくことしかできない弱い人だったのだ。現状を変える勇気もなければ、逃げることもできず、ただ愚痴や恨み言を弱い立場の子どもに吐き続けるだけ。

何もかもがくだらなくて、生きている実感がない。

（ばあちゃんが死んで行く時に感じた高揚感……あれをもう一度味わいたい）

いつしか伊織はそんなふうに考えるようになった。

そんな高校三年生の夏、伊織は夜の繁華街で偶然、燿を見つけた。

燿はスーツ姿の男性と一緒だった。高校生とサラリーマンの組み合わせに違和感を抱いて尾行すると、二人はラブホテルに入ろうとしていた。それを見た瞬間の、脱力感。

　櫂が男性と性行為をすると知ったからではない。櫂の持っている陰の部分、隠しているものが、単なる同性愛だったのかというがっかりした気持ちだった。もっと違う闇の部分を抱えていると思っていたのに――。

　櫂は伊織に気づき、ショックを受けたように顔を強張らせた。男が好きなんだと呟いたのが聞こえたが、伊織は何も言えなかった。伊織が立ち尽くしている間に、櫂は男とどこかへ消えてしまった。

　それからしばらくは、何も手につかず無為に日々を過ごした。

　唯一の心のよりどころを失った気分だった。櫂となら特別な関係を築けると思ったのに、もう自分には何もなくなってしまった。

（でも待てよ……。あいつは俺のブラックボックスを指摘した。本当にゲイってだけなのか？）

　考え込んでいるうちに、櫂に対する興味が戻ってきた。中学生の時、櫂は一緒にいる時も心ここにあらずという状態になったり、何もない場所に小声で話しかけていたりすることがあった。それ以外にも、無風の日に櫂といると突然強い風が吹いたり、真夏なのに櫂の傍だけひんやりしていたり、理屈では説明つかない奇怪な出来事が起きた。

　櫂にはまだ何かある。伊織はそう信じて、櫂と連絡をとろうとした。男とホテルに入ろうとしていた櫂は、自らを恥じているように見えた。同性愛でも気にしないと伊織は櫂に何度もメールで伝えた。返信はなかった。それでも伊織は諦めきれずに櫂にコンタクトをとった。櫂という人物に執着していた。

顔が綺麗で、陰を持ったあの男と、誰よりも近しい存在になりたかった。

ある日伊織は、櫂が唯一仲の良かった千寿という男に頼み込み、櫂の本当の事情を知ることに成功した。

櫂は物の怪に命を狙われている。陰陽師の家に生まれ、卓越した霊能力を持っている。同じ中学校の同級生だった千寿からそう聞かされた時、想像していた陰とは違っていて面食らった。物の怪や霊といったものに馴染みがなかったせいだ。人は死んだら終わりだと思っていたし、悪霊や物の怪なんていないと思っていた。けれどそれで櫂が時々見せていた不可思議な行動も説明がついた。櫂は人ならざる者を視ることができるようだ。

それから伊織は陰陽師や物の怪について調べ始めた。櫂の見ている世界を知りたかった。同じ世界を共有して、さらに懇意になりたかった。

伊織は大学に進むと民俗学研究サークルに入り、物の怪や鬼といった伝承のある村を訪ねるようになった。おどろおどろしい伝承や狂気さえ感じるような風習、そういったものに触れると、胸がざわめくような心地よさを感じた。

物の怪というのは、要するに見間違いにより生まれた妄想の産物だと伊織は思っている。昔は明かりがとぼしかったので、暗がりで身体に異常があった者や、生き物を見て、奇妙な生物を脳内で作り上げたに違いない。天狗は流れ着いた外国人だろうし、河童は落ち武者だ。昔の人は想像力豊かなので、いろんな物の怪を想像して楽しんでいたのだ。

大学の夏季休暇を使って、福井県にある過疎地の村を訪ねた際だ。

廃寺に足を踏み入れると、ぼろぼろになった絵が壁に無造作に立てかけられていた。尼の絵が描かれたものだ。絵の中心部にめがけて亀裂が入っていて、描かれた尼の身体は見るも無残に朽ちていた。

その尼の顔を見た瞬間、腹の奥の辺りに疼きを感じた。

白く整った瓜実顔、口元に笑みを浮かべた見る者を魅了する綺麗な瞳、尼の被る白い頭巾が何とも言えない妖艶さを醸し出していた。

（どうしてだろう。この尼を見ていると……櫂を思い出す）

櫂はこの絵の中の尼のようには笑わない。いつも少し不機嫌そうな顔つきで、どこか遠くを見ている。それでもどこか櫂を彷彿とさせるものがあった。

「この尼さんは……？」

スマホで撮った尼の絵を村役場の人間に見せると、御年九十歳という老人を紹介された。元村長の根岸大悟郎という男性だ。車椅子に座り、歯もないよぼよぼの老人だったが、尼の絵についてよく知っていた。

「八百比丘尼という人魚の肉を喰って、不死となった尼さんがおってのう……、その尼があの廃寺を訪れた際に、村の絵師が描いたものじゃ……と、言い伝えられておる……」

大悟郎は懐かしそうにそう語った。八百比丘尼の伝説は櫂の事情について知った際に調べた。櫂と似ていると感じたのは間違いではなかったと知り、伊織は興奮した。櫂は本当に八百比丘尼の子孫かも知れない。もっと深く調べたいと願った。

伊織は大悟郎の厚意でしばらくその村に留まった。大悟郎の家は老夫婦と六十代の娘しかおらず、空いている部屋に寝泊まりさせてもらった。伊織は泊めてもらう代わりに畑仕事と力仕事を請け負い、気さくな若者を演じて家族と仲良くなった。

廃寺に通い、古びた文献を掘り返し、八百比丘尼について何か書いてないか調べる日々が続いた。

そんなある日だ。大悟郎の娘と一緒に畑仕事を終え、家に戻ると、和室に大悟郎が倒れていた。

「お父さん！」

大悟郎の娘は驚いて駆け寄り、苦しげに悶える大悟郎を覗き込んだ。車椅子が転がり、大悟郎が発作を起こして転倒したと分かった。その時、大悟郎の妻は入院していたので、家には誰もいなかったのだ。

「すぐに救急車を――」

伊織は電話をとろうとしたが、娘の手がそれを止めた。

「お願い。このまま逝かせてあげて」

娘が恐ろしい形相で伊織に懇願した。以前から大悟郎は次の発作が来たら、延命措置はしなくていいと言っていた。これ以上老いたまま生きながらえるのを良しとしていなかったのだ。

伊織はわずかに躊躇した末に娘の言い分に従った。

娘の腕の中で、大悟郎が少しずつ死に近づいていく。身体が痙攣し、眼球がぎょろぎょろと動き、しわくちゃな顔が苦しみに歪んでいく。

「お父さん、苦しいよね。ごめんね。ごめんね」

娘は泣きながら、大悟郎の身体を抱きしめた。

伊織は——死にゆく大悟郎から目が離せずにいた。祖母が亡くなった時の情景がリアルに蘇り、ひどく興奮していた。

死の淵にいる人間の、恐ろしいほどに緊迫した空気、手の中からこぼれ落ちていく感覚、すべてが肌が粟立つほどの興奮を呼んだ。

（ああ、俺はもう一度これを味わいたかった）

ぞくぞくとしながら大悟郎が死に絶えるのを眺め、伊織は少しだけがっかりした。大悟郎はその時間を堪能する暇もなく、亡くなってしまったのだ。

「お父さん！」

娘が泣き崩れる中、伊織は物足りなさを感じていた。もっと長く苦しみ悶える人の姿が見たかった。考えてみれば大悟郎は祖母よりずっと年老いていた。だとすれば——若い人の死は、これよりも激しく煽情的かもしれない。

「医者を呼びますね」

伊織は泣き続ける娘の肩を優しく撫でて、医師に電話した。

——大悟郎の死もあって、伊織は村を出るつもりでいた。けれど大悟郎の娘に懇願されて、もう少しだけ村に留まることにした。大悟郎が死んだショックで母親も入院しているし、一人で広い家にいるのは心細いのだそうだ。心無い人は、若い男を銜え込んでいると噂するが、大悟郎の娘は穏やかで、そういった色気は伊織に見せない。伊織は娘を憐れみ、夏季休暇の間だけはいようと決めた。

日差しが照りつける暑い日——伊織は廃寺に足を踏み入れた。

朽ち果てた廃寺の中から文献を取り出す作業も、その日で終わろうとしていた。文献は調べ終わったら村役場に寄付しようと考えている。今のところ八百比丘尼に関する記述は見当たらず、肩透かしを食らっていた。

（この暑さで誰か死なないだろうか）

タオルで汗を拭いながら、伊織はそんなことを考えていた。

死にとり憑かれていた。もっといろんな人間の死を見てみたかった。

——背後で板を這うような音がしたのは、携帯していた水筒を飲み干した時だ。何かの気配に気がついて振り返ると、そこに異形のものがいた。

（え――）

伊織は一瞬自分の頭がおかしくなったと思って、固まった。

目の前に大蛇がいた。ふつうの蛇ではない、自分の身体より巨大な大蛇が、鎌首をもたげていた。胴の太さは、伊織の三倍はある。目は金色に光り、長い舌がちろちろと揺れている。

「な、な……」

伊織は腰を抜かしかけて、目の前の異形のものを凝視した。物の怪に関する書物をどれほど読もうと、伊織は心の底でそんなものはいないと思っていた。すべて人々の妄想だ。むしろ妄想であると証明したいがために調べていたといっても過言ではない。

その、ありえないものが、目の前にいた。

『死に魅入られたものが、おるではないか』

異形のものの口から、聞くに堪えないおぞましい声がした。その声は伊織の背筋を震わせ、鼓動を激しく打ち鳴らした。やはりただの蛇ではない。ただの蛇は、人語を解さない。その時、伊織が強烈に感じたのは、脳の芯が焼きつくような感覚だった。これまで培ってきた常識や理屈がすべて消え去り、理性が吹っ飛ぶ。

祖母の死や、大悟郎の死を見た時と同じ、興奮――。

そう、伊織は嬉しかった。この瞬間を、待ち望んでいた。

「あ、あ、あ……、ははは、ははは」

伊織は震えながら、笑いが込み上げるのを我慢できなくなった。これだ、これだ。俺はこれを待っていたんだ。ヒステリックな笑い声が口から飛び出るのを抑えきれず、伊織は自分を解放した。

『面白い奴だ。お前の身体を貸してくれ』

大蛇は笑い続ける伊織を見て告げた。

喜んで貸すとも、と笑いながら答え、伊織は新しい人生が始まるのを感じていた。

大蛇に身体を明け渡してからずっと、自分の身体なのに、別の誰かが身体を動かしている感覚がしていた。

しゃべる自分、歩く自分、食べる自分、動く自分――それらを俯瞰(ふかん)するように見ている。生きているという感覚はないのに、周囲の情景はとてもリアルだった。大蛇は伊織の身体を使って、さまざまな死を見せてくれた。永遠に終わらない最高に面白いフィクション映画を観ているような気分だった。

ひどく美味い肉を食した後は、がらりと変わった情景になった。そこで伊織は、櫂と一緒に暮らしていた。櫂のために掃除をしたり、炊事をしたり、洗濯をしたりした。これはきっと夢だろう。その証拠に自分は櫂のことを先生と呼んでいる。夢の中でも櫂はなかなか自分のものになってくれない。それがある時、ふっと消えて、急にずしりと身体が重くなった。

地面の上に自分は倒れている。懐かしい土の感触。身体は重くて、起き上がれない。抜けるような青空が見えて、日差しの眩しさに、今が夏だと感じた。

「羅刹！」

聞き覚えのある声がどこからかして、肉のぶつかり合う音、咆哮、悲鳴が入り混じる。あの声は櫂だとすぐに分かった。中学校の同級生で、自分にとって特別な友人。

——土井伊織は、重い身体をずるずると動かした。

山道の少し先、勾配のある場所で、大蛇と鬼が争っている。その後ろには血まみれの櫂の姿。どうやら大蛇の魔物が櫂を襲い、それを鬼が助けているらしい。

伊織はうつろな眼差しで、その光景を眺めていた。

やがて勝負がついて、鬼が大蛇の魔物を引き裂いた。鬼は櫂に駆け寄り、血を吸っている。大変だ。櫂が鬼に喰われてしまう。そう思ってだるい身体を起こそうとすると、鬼は我に返ったように櫂を抱き上げ、山道を疾風のごとき速さで駆け抜けていった。

「う……う」

伊織は地面に手をつき、どうにか身体を起こした。

ずっと大蛇の魔物がこの身体を動かしていたから、自分で動かすとひどく身体が重い。自分の身体なのに、こんなにも扱いづらいとは。

「く……」

少しずつ身体の動かし方を思い出してきて、手足を自由に動かせるようになった。長い間、幽玄の世界をさまよっていた。このまま身体に戻らなくてもいいとすら思えるほど、心地いい日々だった。

あの日、大蛇の魔物と出会ってから、伊織はいくつもの死に立ち会った。どれも楽しく、興奮するものだった。命が消える瞬間の、至福の感覚。それを味わいたくて、大蛇の魔物と共に行動していた。自分にとって特別な友人――氷室櫂の死を見てみたい。そんな思いを抱いたのは、いつからだろう。

『あれなるは、八百比丘尼の子孫。我も血肉を欲したい』

大蛇の魔物も同意し、六年前、櫂を襲いに行った。ところが櫂の肉を食べた後、櫂の父親に調伏(ちょうぶく)されかけた。大蛇の魔物は伊織の肉体を放置して逃げ去った。何故かその時、伊織の魂魄(こんぱく)まで連れ去られてしまったのだ。

（ようやく俺は身体に戻れたのか）

魂魄だけでさまよっている間は、不思議な感覚だった。幽霊というのは、ああいう状態をいうのだろう。執着していた櫂の傍にいられたし、櫂も伊織を慕ってくれた。それがある日、大蛇の魔物が現れ、伊織を肉体に引き戻した。

『比丘尼が我らを呼んでいる』

大蛇の魔物はそう言っていた。比丘尼とはあの伝承の人物である八百比丘尼のことだろうか？　分からないまま、伊織の魂魄は身体に戻った。とはいえ、動かしているのは大蛇の魔物だったので、何もかもぼんやりとしたままだった。懐かしい友人が傍にいても、声をかけることさえできなかった。

「はぁ……」

伊織は立ち上がって、辺りを見回した。これは櫂の家へ行く道だろう。中学生の時に何度か、歩いた記憶がある。櫂はどうなったのだろうか。鬼は血まみれの櫂をどこへ連れて行ってしまったのだろうか。

うつろな表情で歩き始めた伊織は、いつの間にか木陰に立っていた尼に驚いて足を止めた。黒い袈裟に白い頭巾を被り、モナ・リザのような微笑(ほほえ)みを浮かべている。白くつるりとした頬、たおやかな腰つき。

「身体に戻ったのですね」

尼に近づくと、耳心地の良い声が響く。尼の整った美しい顔を見ていると、櫂に似ていると感じた。

「私、分かるのです。目を合わせれば、あなた様の本性が」

尼はゆっくりと伊織に向かって歩き出し、白くほっそりとした手で胸板に触れてきた。千寿の寺で着させられた作務衣を着ているが、地面に倒れていたせいで汚れている。尼の手が汚れるのを厭い、身体を後ろにずらすと、いっそう尼が微笑んだ。

「ああ、あなた様は本性を隠している。本当はそれをさらけ出したいと思っているのに。ええ、ええ。私には分かるのです」

尼の手が伊織の頬に触れ、吐息がかかるほどに顔が近づいてくる。

「――私を、お食べなさい」

尼の艶(なま)めいた言葉が耳に飛び込んできた。

伊織は驚いて目を見開き、尼を凝視した。

「私の肉を。いいのです。食べて、いいのです」

尼の鳶(とび)色の瞳が伊織の心を捉える。尼は頭巾を脱いで、襟元を広げた。白く、染み一つない綺麗な肌が目の前に露(あらわ)になる。きめ細かな肌は、誘うように伊織の前にはだけられる。

ああ、これは間違いなく八百比丘尼だ。文献で見た通りの化生(けしょう)。

「さぁ――」

尼の声に誘われて、伊織はふらふらとその首筋にかぶりついた。歯を立てると、まるで西瓜(すいか)のようにさくりと肌に歯が食い込んだ。尼の血と肉が咽を嚥下(えんか)して、胃の中に落ちていく。とたんに、えも言われぬ恍惚(こうこつ)とした愉悦に襲われた。

「うう、ううう……」

全身に血が漲(みなぎ)り、身体が爆発しそうだ。後から後から力が湧いてくる。全身の毛穴が開き、骨が音を立てて伸び、筋肉が盛り上がった。伊織は呻き声を発し、前屈(まえかが)みになった。熱くて、痺(しび)れて、意識が遠のきそうなほどだ。まるで強力なカンフル剤を打たれたように。

「うああああ‼」

頭が割れるように痛くなった。こめかみの付近が異常に痛くて、頭を抱えて叫び声を上げる。頭の肉が裂け、奥から何かが盛り上がっていくのが分かった。痛い。痛い。痛い。

「うぐうう、あああぁ！」

大きく叫んだ時、二本の角が頭から生えていた。目を開けると、視界が変わっていた。先ほどまでとは尼と目線の高さが変わっていた。今や自分は高い場所から尼を見下ろしている。

「立派な鬼だこと」

尼はうっとりした様子で微笑んでいる。先ほど伊織が噛み千切った咽の傷は、何事もなかったように消えていた。

そうか、自分は鬼になったのか。

伊織は何倍にも膨れ上がった両方の拳を見つめ、おかしくて笑った。二の腕から太く長い腕が伸びている。身体つきはこれまでの倍になり、人間が小さく感じる。

（とうとう自分は、人間を捨ててしまったのか）

笑いながら、伊織は咆哮を上げた。近くにいた鳥がびっくりしていっせいに木々から離れていく。鬼になったのなら、やることは一つだけだ。

——櫂を食べよう。今度は一片の肉さえ、残さずに。

六年前に櫂の血肉を齧（かじ）った時のことを思い出し、伊織は蕩（とろ）けるような笑顔で地面を踏みしめた。

あとがき

こんにちは&はじめまして夜光花（やこうはな）です。

「式神の名は、鬼」シリーズの二冊目です。うっかりこの本から読み始めた方は、ぜひ一冊目もお手に取ってみて下さい。

ネタばれあるのであとがきは最後に読んで下さい。二冊目になりやっと八百比丘尼（やおびくに）が出てきました。書いてみたかったキャラなので嬉しいです。ちなみに本編に出てくる真言とか呪文は全部でたらめなので信じないで下さいね。羅刹との関係も明らかになり、この先どうなるのか？　一応次の本で終わる予定です。もう少し櫂と羅刹の絆を深めていきたいですね。やっとちょっとくっついたかなーって感じで、まだまだ危なっかしい二人です。

櫂は陰陽師の才能は有るけど、人として欠陥だらけなキャラとして書いています。那都巳もそうですね。那都巳は世界一信用できない人間と思って書いています。このシリーズの中で唯一まともなのは千寿です。あとは皆どこかいびつなキャラと思って進めています。雪さんはまともそうな顔して鬼と婚姻しているので相当やばいですね。人として問題ありなキャラを書くのが好きなのですが、ちょっと今回渋滞しているかも…。

伊織は最初からラスボスっぽい感じでやりたいと思っていたので、次作では櫂と伊織の関係も深めていきたいです。

イラストを担当して下さった笠井あゆみ先生。いつも麗しいイラストをありがとうございます。やはり笠井先生は鬼が上手いと思いました。櫂と羅刹の体格差に萌えるので、イラストが楽しみでなりません。コミカルに描かれる千寿も好きなので、出来上がってくるイラストに期待しております。毎回お忙しいのにありがとうございます。次作もよろしくお願いします。

担当様。お仕事大変な中、アドバイスありがとうございます。また的確な指摘よろしくお願いします。

読んで下さる皆様。感想などありましたら、ぜひお聞かせ下さい。次で最後なので悔いのないようがんばりますね。ではでは。

夜光花

この本を読んでのご意見、ご感想を編集部までお寄せください。

《あて先》〒141-8202　東京都品川区上大崎3-1-1　徳間書店　キャラ編集部気付

「式神の名は、鬼②」係

【読者アンケートフォーム】

QRコードより作品の感想・アンケートをお送り頂けます。

Chara公式サイト http://www.chara-info.net/

■初出一覧

式神の名は、鬼②……書き下ろし

Chara

式神の名は、鬼②

……【キャラ文庫】

2020年2月29日　初刷

著者　夜光 花

発行者　松下俊也

発行所　株式会社徳間書店

〒141-8202　東京都品川区上大崎3-1-1

電話 049-293-5521（販売部）

03-5403-4348（編集部）

振替 00140-0-44392

印刷・製本　株式会社廣済堂

カバー・口絵　

デザイン　百足屋ユウコ+モンマ蚕（ムシカゴグラフィクス）

ISBN978-4-19-900983-9

夜光 花の本

好評発売中

［式神の名は、鬼］

イラスト✦笠井あゆみ

満月の夜ごと百鬼夜行が訪れ、妖怪に襲われる――その標的は八百比丘尼の血を引く肉体!? 代々続く陰陽師で、妖怪に付き纏われる人生に膿んでいた櫂。無限の連鎖を断ち切るには、身を守る式神が必要だ――。そこで目を付けたのは、数百年間封印されていた最強の人喰い鬼・羅刹!!「今すぐお前を犯して喰ってしまいたい」解放した代わりに妖怪除けにするはずが、簡単には使役できなくて…!?

夜光 花の本

好評発売中

「バグ」全3巻

イラスト✦湖水きよ

夥しい血の跡だけを残した遺体無き連続殺人事件――その真犯人は、人を食らう『蟲(むし)』だった!? 謎の事件を追う警視庁捜査一課の刑事・飛留間七生(ひるまななみ)が出逢ったのは、特別捜査官の水雲(もずく)。エリート然とした態度とは裏腹に、なんと水雲は日本刀を繰り蟲を退治する使命を帯びた異能力者!! 七生の隠された能力をも見抜いた水雲は、驚く七生に「俺と共に闘ってくれ」と迫ってきて!?